U0920485

索耳 著

NIGHT

OF

THE FELLING

文匯出版社

新经典文化股份有限公司
www.readinglife.com
出　品

献给 瑞义和英华

1

我觉得，假如我爸还在我妈身边，她绝不会想让我回来。在过去的两周里，她已经给我打了几十通电话，尽管每通电话引头的故事都不相同（她特别有讲故事的天赋），比如种的甜瓜给人摘了，水管爆了，邻居半夜KTV唱歌的声音实在太吵，等等，不过我知道她唯一的目的只是想让我回来，回我们的家，回到她身边。每次电话响起，我都会掏出来，瞪着屏幕上面的数字，那串熟悉的号码。我没有把我妈备注到电话簿里，我是故意的，倒不是因为这串数字清新可人或者别的什么原因，我说不上来，只是不想将一个固定化的称谓置于她身上，或者说，根本找不到、不存在一个合适的称谓。当然，我不讨厌我妈，我爱她，我更不讨厌她给我打电话。她跟我说话的时候，我总能回想起小时候她在床头给我讲故事的场景。一个又一个兔子掉进地洞里的日日夜夜。我妈的声音从未变过，就算称不上世上最动听，也是世上最适合我的耳朵的，整整伴随了我二十年。倘若隔了两三天听不到她的声音，我会觉得身体上某些位置不舒服，像毛衣起了球或者裤脚拖到了地上，类似这种细微的反应把我和我妈绑在了一起，这种关系是如此地牢固，甚至超越了血缘本身。

此时我刚刚大学毕业，一心想去大城市闯荡，但苦于找不到称心的工作。我妈在电话里向我建议：回家乡帮一位远房亲戚看管荔枝园。我不知道她哪里来的信心，但从口气听来，仿佛已经为这件事做了万全的准备，在她心里，一个穿着高帮水靴、戴着农夫帽的我在荔枝园里巡逻的未来图景呼之欲出。她极力向我推荐这份工作的好处：清闲、接地气、待遇好。我甚至怀疑她是不是几年前就开始谋划这件事，为我毕业后铺好了出路。不说别的，“家乡”和“亲戚”这两个词语就让我不太舒服，我厌恶这两个东西，自打小时候开始，这两个事物就在心里留下深深的阴影，我从来没有从它们身上得到过任何呵护和关怀，相反，它们造成的痛苦却是深刻、无法磨灭的。七岁时，我爸跟别的女人跑了，各式各样的亲戚人情也随之崩塌瓦解，那时候我才知道，原来所有的这些关系只是表皮功夫，而所有的表皮功夫都是我爸在维系着的。确实，我爸很有钱，是搞建筑的工头，在当地也算混了点名气，每次过年都有一大帮亲戚朋友过来吃喝玩乐。那时候我还小，还没长个儿，眼睛只能瞄到他们几乎款式一致的裤子，那种深灰色的西裤。在那个时候，不管什么阶层的人都喜欢穿那种裤子。偶尔会有穿绿色军裤的，这类人一般身上沾满了黄土，他们是来自农村的亲戚。因此，无论是谁，只要沾了一点亲故，在我家的饭桌就有一席之地，但是随着我爸的离开，这些人也烟消云散了。我爸逃去外地以后，过了一个月，在饭店里当服务员的我妈就被辞退，因为饭店老板跟我爸是老交情，当初这份工作也是我爸安排的。失业后的半年，我们从以前的大房子里搬出来，住进六十平方米大小的出租屋。因为没有积蓄，我和我妈连饭都省着吃，一天两顿就着韭菜嚼米饭，半年后，我们开始卖家具、卖书、卖遗留下来的收藏品，靠着得来的一点钱撑到年底，直到我妈重新找到工作，困境才算缓和过来。其间，除了外婆从湖北老家跑过来两趟，没有任何亲戚朋友帮助我们，别说帮助，连面都难见着，他们像凭空消失了一样，都躲得远远的。我爸这边的亲戚和我妈彼此憎恶，连带着我也一并憎恶了。有一次，我在放学的路上，刚巧碰到我伯伯（如今，这些称谓对我来说十分具有陌生化的效果，类似陌生化的事物还有很多），我们在一条宽敞的大路上迎面而走，当我叫出他的称谓巴望着得到回应时，他却正眼不看地从我身旁走过，仿佛我是鞋边溜过的一条虫子。还有一次，我妈吩咐我去一位姨妈家借钱，这位姨妈往日里对我不错，每次去她那里玩，都给我吃这个吃那个，临走前还塞一大堆吃的让我带回去。可那次她和姨夫两个人干脆躺在床上不起，只让她儿子给我开了一条门缝，说他妈病了，不能见客。我问候了几句，表兄开始支支吾吾，那时候我就已经猜到他们是装病，合起伙来欺骗我，甚至一面也不想见。我倒宁愿他们出来见面，当面狠狠地拒绝我，这样也许我心里会好受些。但是他们的做法让我遭受了更大的耻辱。当时我二话不说掉头就走。自此，我深刻认识到了真实的荒诞，荒诞使我早熟、敏锐而忧郁，把我跟同龄人的世界区别开来。同龄人无法理解我，我也无法理解他们。我和大多数人之间的对立就此开始。他们看待世界的目光无疑是纯真无邪的，他们那位掉进兔子洞的爱丽丝只会因为奇遇兴奋不已，而在我这里，我只看到了她所有的哭泣，这位小人儿一路上都在哭泣，像我一样，虽然我基本上不怎么哭，但有些东西比哭泣更加严重。我变得自闭，在学校里，我几乎是一个人玩，因为不愿参加集体活动，我妈还被班主任请去谈了好几次话，可她也拿我没办法，因为我们在家里也不怎么交流。那几年里，我几近失去跟他人对话的资格和能力。但是从另一方面来说，我得以更清晰地观察自己周围的世界。这个浓缩版的动物世界。这个巴掌大的城镇，犹如一座孤岛，上面生活着庸常无趣的居民，像一群鬣狗，盼望着哪头野牛哪天意外倒下，就可以一拥而上，为吃着一点甜头满地撒泼打滚；一旦真正发怒的野牛冲过来，它们就马上四散落荒而逃，瞬间无影无踪。那时候，我偷偷看了很多书，读书是逃避集体生活的方式，通过阅读我也确立了更高的愿景，我渴望从现有的世界中逃出去，从这座孤岛逃出去，到达另一个更高层次的地方。因此，我拼命学习，成绩一直很优秀，尽管不合群，可如果你每次都能考第一名，在老师那边就什么都无所谓。从小学、初中、高中到大学，一步步地考到外地的学校，大学我是在上海读的，全中国最繁华的地带，在这里我见识了太多东西，也逐渐适应了这里的生活。可如今，我妈却让我回家，回到那个陌生的孤岛，像一个赤身裸体的智人被投掷到鬣狗群里面，而且，还要给一个从未及时出现，也本不应出现的亲戚干活，帮他管理财产，她到底打的是什么如意算盘？

我对这位亲戚了解甚少，只知道他是我妈姨妈的女婿的兄弟，其实已经算不上什么亲戚了，只是在某种关系的连带下才显示出这个人的存在。个体在各种关系下是不值一提的。我妈也仅仅是听说过这个人，四十岁上下，湖南人，算是有点家产，在本地承包了几亩荔枝园，不过一面也没见过。荔枝园的事情是通过另一位亲戚，我妈的一位表妹得知的，表妹告诉她，这个人的荔枝园一直缺管理员，也不是没有招，而是招的人都不合适，最多干个一年半载就被辞退，具体原因也不是很清楚，据说是这个人的要求特别苛刻，招去的管理员都难让他满意。表妹的一个熟人是上一任管理员，高校毕业，算是干的时间最长的，差不多一年，半年前的意外使他提前终止了合同。他夜里从山坡上摔下来摔断了腿。纯属咎由自取。但是这位老板讲义气，还是赔了他一笔钱。从那以后管理员的职位就一直空缺着。这位老板有些古怪，宁愿自己亲手干活，也不愿随便找个人来打理他的园地。我妈在电话里说，她一听到这个消息，心里就仿佛有个开关让人戳了一下，马上就想到了我，在她眼里，我也是这么一个善于自囚、不愿麻烦别人的“怪人”，说不定跟那位远房亲戚能合上拍，给他当园地管理员也没什么不好的，毕竟他在当地也是个有头脸的人物，更重要的是，能陪在她身边，照顾她。我妈快五十了，腿脚有轻度的风湿，夜里常常失眠。关于健康问题，她已经在电话里无数次跟我提及，她目前最迫切需要的，不仅仅是一个能够照料她的身体的人，更是要时常陪她聊天解闷，使她不至于太过寂寞忧郁的精神伙伴。而这个角色，最有可能的担负者是她唯一的儿子。

因此，我考虑了几天，最后还是顺从我妈的心意，买了回去的车票。得知我决定回来的消息后，我妈欣喜若狂，当天就联系了那位亲戚，向他说明情况。意料之中地顺利。那位亲戚表示对我很感兴趣，并且要亲自去火车站接我。他坚持说这是必要的程序。我妈在电话里对我一番嘱咐，让我一定要“客气、谦虚、有礼”地跟这位亲戚会面。我口头上答应着她，心里却不怎么在意，大概是因为心里挂着某种“外地人”（我以“外地人”自居）的骄傲，所以不觉得这个举动显得过分客气，毕竟远房亲戚也是说着好听，而更加切合实际的关系是他是雇主、我是雇员，更准确地说，还是八字没一撇、亟待验证的雇佣关系。从别的角度看，也许正是我未经世事的轻浮劲儿，才使得我们两人之间某种新型的关系从一开始得以确立下来，不单单是雇主和雇员，那种关系不是他所想要的，他想要的恰好是我这种人，我们这种能够彼此聆听的关系。在站台上见面时，他穿了一件复古款的深蓝色绣领短袖外套，背靠着候车亭的柱子站立，跟周围那些肤色黝黑、衣着平俗土气的本地人形成了鲜明的反差，我一眼就认出了他。他蓄着胡子，双目有神，厚嘴唇，有着很漂亮的侧面轮廓。当我走近他身旁时，发现他手里还夹着烟。你好，我说，叫我小关就好。他伸出另一只手与我交握，说，你好，我叫林勃。我们用普通话打招呼而非方言，我留意到他的普通话虽然不甚标准，却毫无疑问有种精致的南方人的感觉，甚至比南方最繁华的都市里的人更精致。相比之下，周围嘈杂的本地方言简直令人难以忍受。林勃提出要帮我拿箱子，我就一个皮箱，里面装了些衣服，并不重，于是我自己拿着。我们往出站的方向走，穿过一条半露的走廊，周围人把我们挤到栏杆的一侧，我们边走边说话，不知为何我总感觉自己说话非常费劲，每次都得张大喉咙把话吼出来，尽管如此，我还是几乎听不到自己在说什么，他也尽量把身体侧向我聆听，但我完全能听清他的声音，他嗓音低沉有力，每个词语似乎毫不费劲就能吐出来。我有些惊讶，我从未发觉自己说话的声音这么小，哪怕在上海，跟最精英主义的那一部分人打交道时，我也没意识到这个问题，但跟他在一起说话时，我窥见了内心深处的自卑。我向他打听荔枝园的情况，他回答得漫不经心，他的兴致不在这上面。让我稍感不安的是，他显得有点寡言，这跟他嗓音的侵略性又不太相符，因此我怀疑他有意压抑着交流的欲望，或者说，在试探着什么。他更多地想把话题引到我身上。他问我读的什么专业，我说是环境学。他说，环境保护？我点头说，差不多。实际上两者根本不是一个概念。他问我平常读什么书，是不是都和专业相关。我说不是，我很少读专业的书。我压根就不喜欢自己的专业，我喜欢的是别的，人文类、艺术类，还有一点点理论物理。他好像顿时来了劲儿，让我说几个喜欢的艺术家的名字。我说了几个古典主义的人物。他显得有些失望，问我，当代的艺术家呢？他随后说了几个当代艺术家的名字。

不过很遗憾，我一个也不认识。他说最近收藏了几幅 ××× 的画作，在别地的拍卖会上淘到的，他打算当场把所有 ××× 的画作都拍下来，可是还是漏了一幅，那幅画被别人以更高的价格买走了，不过这算不上那次拍卖会上最遗憾的事。最遗憾的是他发现了一位相当优秀的年轻华裔女画家，她的画让人惊艳，假以时日必成大师,但她并不同意把自己的画卖给他。她对他说，对不起，感谢你欣赏我的作品，但我实在不愿意把自己的画交到你手里，因为我不喜欢你这个人，就是这么简单。真他妈操蛋。他说这件事让他难受了好几天。说这些的时候，我们已经出了车站，走在种满樟树的行人道上，再往前走，就是一个废弃的农产品贸易市场，他把车停在了那里。我不知道他为什么突然向我吐露这些，像是一开始就已经预设好的机制。不过说实话，我还挺高兴的，我不把这番话视为显摆或者炫耀，这是一种坦露，至少说明他在某种程度上接受了我，而不是像他诉说的那位女画家，拒绝了交流的可能性。我们上了车，他把车开到大路上去，中间大概沉默了五分钟，而后他问我，喜不喜欢吃荔枝。我心想，他终于问到核心问题了——确实，对我而言，这才是我想谈论的问题，跟那些虚无缥缈的艺术相比，我更愿意跟他聊有关荔枝的话题，哪怕我一点也不喜欢吃荔枝，更不懂荔枝的种植技术。我跟他说，我喜欢吃荔枝。我说了谎。我打算接下来把所有之前准备的关于荔枝种植的资料一下子抖出来，而且，尽量说得玄乎点，让他以为我还真的懂这方面的学问，虽然我在火车上已经忘记了一半，在他的车上则只能记得四分之一的内容了。没等我开口，他却说，你喜欢吃荔枝的话，可以把车上所有的荔枝都带走，带回去吃。他说的是车上所有的荔枝。我转过头去，刚好看见后座上用黑色塑料袋裹起来的几大捆水果，看起来像某种肃穆的机器，我吓了一跳，不知为何我第一时间想到的是这个，它们只能在那些庄严的仪式中出现。我说，这些都是吗？他说，都是。我说，太多了，我吃不了这么多。他说，那只能扔掉了，未免可惜。我说，你不吃吗？他说：我不吃，我不喜欢吃。他说不喜欢吃荔枝的时候，脸上露出一闪而逝的厌恶。大概真的不喜欢吃，而不是像我这样说了谎。既然不喜欢荔枝，为什么要承包一片荔枝园呢？当然，并不是说承包荔枝园就意味着喜欢荔枝，在某个专业学习就一定喜欢这个专业，回家乡工作就一定热爱家乡，但是我总有种奇怪的感觉，他和荔枝，和这种常见的热带水果之间，必定有着某种隐晦的关系，不是正相关的关系，就是负相关，反正他绝对不会无缘无故成为几亩荔枝园的园主。我坐在车上，一想到后座上捆作一团的荔枝，就不由自主地产生慌乱之感。为了把这种慌乱抑制下去，我继续撒谎，我只能如此毫无羞愧地撒谎，我告诉他，我妈也很爱吃荔枝（实际上，她也是一点不碰）。他转过脸来，看了我一眼，说，那你就把这些都带回去吃吧。当我从车上走下来，手上提着两大捆荔枝，我觉得自己长得不太像自己。他拿着我的皮箱一起上楼，走到门前，跟我说他要离开了。看得出来他没有进去坐坐的意思。这时候我突然觉得，这次碰面仿佛一个平衡感十足的装置，充满了各种奇异的补偿。他这个人。这些徒劳无功的荔枝。过于客气的交往的补偿反而掩盖了本来的目的。估计他一向精于此道。他的这方面特质反而让我有些意外,大概是出于某种心理，我觉得他应该是那种层面的人而不是这种层面的人，可事实上他没有到达那种层面，我想象中的层面。这些原本放在后座上的荔枝断然不是一开始就准备送给我的，虽然他表现出来的感觉很像，但我清楚地明白不是一回事，他一定有别的意图，更不会如他所言将荔枝白白扔掉。假如我在车上没有说谎，告诉他我厌恶荔枝，最终他也不会把车开到路边，随便找个垃圾桶把荔枝扔进去。精心包裹好、严肃得像去参加什么仪式的两大捆荔枝已经说明了问题。他一定隐藏了什么重要的信息。这就是第一次见面他给我的感觉。我们在门口匆匆道别，临别时交换了电话号码。他沿着楼梯下去，而我仿佛一个被生产过剩的货物包围的员工，敲门，等待着我妈打开。

2

我和我妈把荔枝放在家里正中的沙发上，它像是陌生但受人尊敬的客人，我们把它留在那里，但没有管它。一切相安无事，直到荔枝发出了些许腐烂的气味，这意味着一半已经烂掉，另一半还是好的，于是我跟我妈商量，在完全腐烂的前一晚，把那些好的挑出来吃掉。这样一来，既算是领了林勃的好，也没有过多地招致荔枝的恶。多数的荔枝都被我吃了，我妈吃了两三颗，即便如此，这几颗荔枝也使她彻夜胃痛难眠。常年的胃病导致她身心都相当脆弱，这就是我选择回家的原因。我们都没有想过把荔枝跟邻居分享，即使我们如此厌恶荔枝，我们任由它腐烂，也不会敲开别人的门。完成那一步动作对我们来说都太困难了。别人对我们也是一样。当我在外地，不在家乡，我妈一个人在家的时候，准确地说，她一个人在“整个家乡”的时候，“整个家乡”对她来说就是一座牢笼，除了自己没有人可以依靠。可以想象，她平日里是多么孤独和冷寂。我在外地，还有朋友和同学可以交往，而她只能不断地通过电话和我诉说，一次又一次，反复地诉说那几件简单得不得了的事情，然后以沉默挂掉电话。那些电话无论对我还是对她都是一种折磨，可一旦超过一个星期不联系，我就好像失去了某种重要的东西，这种强烈的剥离感驱使我们重新恢复通话。自上次跟林勃交换号码后，我们一直在等他打电话过来，他的一通电话就相当于去往荔枝园的通行证，但是差不多一周过去了，仍然没有任何消息，我也不好打电话问他情况。我妈把卫生纸搓成细长的针状，逐个扔进垃圾桶，这是她缓解焦虑的习惯。我则在咀嚼荔枝的过程中达到了平衡。厌恶感和焦虑感的平衡。这使我不至于偏向某一种极端，被单一化的情绪所控制。我甚至为那些因腐烂而不得不扔掉的荔枝可惜，如果早点把它们吃掉就好了。因为等待的焦虑，我妈做起了噩梦。有天早晨她跟我讲昨晚的梦，她梦见自己在园子里迷路了，想找我来着，但是怎样也找不到，转来转去又累又困，后来出现了一只山羊，像是神明派来的指引，她跟在那只山羊后面走，不知道绕着圈子走了多久，终于走出了园子，在道路的尽头，她看到那只山羊朝她转过了脸，竟然是我爸的脸。她吓出了一身冷汗。每次我妈梦见我爸都不会有什么好事情。

又过了两三天，我突然接到林勃的电话，他告诉我，明天就可以去他那里工作。从说话的语调来看，我怀疑这是他喝了酒后，临时做的一个带有杜松子香味的决定。不过第二天我还是按时去了他所说的地点。林勃让我到距离县城三十公里的镇上等他，我提前两个小时搭上开往乡下的小巴，一路颠簸，在乡镇政府的门口下车，没过多久他就把车开过来了。路上他向我解释为什么这么晚才跟我联系，是因为最近他出了趟远门，到云南参加茶叶文化座谈会，所以把这件事情搁置了。但是他觉得我非常优秀，自打之前那次碰面，便觉得我就是他想要找的人,看管荔枝园的工作非我莫属。这番话他向我强调了好几遍。这个活儿，他说，听上去简单，其实里面的空间很大，有意思的事情挺多，并不是每一棵树都会听话，它们也不是整齐划一、没有个性的，你不能去培育一个整体，不能把相同经验用在不同的植株上。在管理它们的过程里，你还会发现更多的东西，比如你不仅仅是在管理荔枝树，还是在管理自己。对于新来的管理员，无论是谁，我都会要求他们一件事，你知道是什么吗？是叶子的数目。每位管理员都得了解每棵树上长了多少叶子。说完林勃笑了起来，我知道他在开玩笑。叶子和果实之间没有什么必然的联系，如果有，那也是理想中的模型，你扯下一片叶子，摘下一颗果子，那么它的数量就永恒地减少了。说话间，车驶过石桥，在朝西的公路开上几百米，就可以看见一侧的土坡上，种植着成片的荔枝林。公路往里两三米是一道一人高的篱笆，由木板和铁丝构成，和公路平行，篱笆往里就是成排的荔枝树。林勃把车停在路边，下车后，我们绕着篱笆走了一段距离，在一道小门前打开锁，走进园子里。说实话，我还是第一次走进种植荔枝的园子,看见这么多荔枝树。树上没几颗荔枝，林勃解释说是因为今年已经收过两次果子了，上一次收获是两个月前。随着我们往园子的更深处走，相比篱笆附近，园子中心的荔枝树更高大、粗壮和茂盛。一边走着，我感觉道路越来越窄，两边的树不断朝我们挤来，抢占立足的空间。没有路了吧，我说，前面越来越窄了。林勃露出很惊讶的样子，似乎一点也不觉得前面有多难走，他的意思是，前面这么宽敞，难道你看不到吗？我紧跟其后，跟着他不断在枝干间绕圈。我仍然觉得举步维艰。事实上，植株间的距离是一致的，从外面到里面，不存在越种越密的情况，我明白。过了一会儿，我的头顶上、脖子边、肩膀上、胳肢窝里、腰间、大腿边和膝盖边都仿佛长出了荔枝叶子。在可见的范围里,成片的树叶像是涂上一层厚蜡，把绿的色彩变得不那么尖锐，就算反射阳光，也不会显得太过刺目，而是给人钝重、沉静的感觉。一些枝干肆意地向四周扩散，像漆黑的八爪鱼的腿，八条腿里面有的呈直线上升，有的呈曲线垂下，有的呈水平角度向左或右拐弯，相互间紧紧交缠在一起。它们这种生命力太让人嫉妒了。我的鞋粘在湿润的泥土上，已经湿透了半截。下次应该换水鞋过来，我心想。一路上过来我看到一些工人在园子里劳作，有的在除草，有的在剪穗，他们都严整地穿着工作服和水鞋。我心里不由得一阵羞愧：自己连能适应在这块土地上工作的鞋子都没有穿。当然，鞋子只是表面，我内心真正羞愧的是自己没有担负起这份工作的能力，我对园林的种植和管理一窍不通，没下过地，不爱吃荔枝，别说这些，就连饭菜也不会做，是那种教育体制下培育出来的书呆子。我都不知道自己是怎么糊里糊涂过来当管理员的。林勃，作为我的老板，又是怎么觉得我“非常优秀”，他到底看中了我哪些地方，才把这份工作交给我的？我跟在他身后，东绕西绕，也不知道他要把我带到什么地方去。一路上他跟我随口聊着，几乎都跟这份工作没什么关系，除非亲口询问，他才会简单答上两句，好像回答这些问题对他来说很不情愿。当然了，可能林勃觉得我的问题太白痴，比如荔枝收获的具体月份，人工摘果子还是使用机械之类的。我承认问题很白痴，因为我在这方面确实是白痴，但他的态度以及回答的质量让我不由得产生了另一种想法：不是不想回答，而是无法回答，他只能答到那个程度。他不想暴露出什么，他不像我处于一个被动的位置，不得不把自己的真实暴露出来。林勃完全可以隐藏自己，这就是他相对于我所拥有的特权。最终我们在一栋瓦楞板房前停下脚步。房子的面积有二十来平方米，板材的表面刷了一层淡绿色的油漆，门则是梨木的，褐色，门框左右两边还各挂着一对铃铛。林勃告诉我说，这就是你住的地方，不嫌弃吧？我说，当然不了。他用钥匙打开门，我们走进去，屋子里充满一股浓厚的霉味，距离上一任管理员在这儿住已经过去半年。林勃说，每个月我都会叫人来这里打扫。话虽如此，他一直皱着鼻子，仿佛恨不得马上从房间逃离出去。地板是水泥，表面隐约可见灰色的不规则线条，延伸到各个角落。远离门口的角落里有一张床，床对面则是一对桌椅，黝黑色的，也许是胡桃木材料做的，椅子其中一条腿还有接驳过的痕迹。桌子上空无一物。旁边是半人高的书架子，也是木制的，分成上中下三格，中间的格子里平躺着两三张唱片，包装纸盒表面积了一层灰尘。正对门的墙边有冰箱，旁边砌着简陋的洗碗台，台上放着微波炉。洗手间在屋后，林勃对我说，对了，电瓶车应该在外面，靠墙边，想到集市上买什么东西可以骑着去。今晚就在这儿住下吧？他对我说。我明白这句话没有多少询问的意思，于是我直接告诉他我现在就可以在这里住下，这是他想要的答案。不过让我略有遗憾的一点是，我没有早些看懂他的意图。不然我就可以做好准备。有什么问题尽管问工人们，他说，当然，有什么要求也可以让他们去做。不过，他们住在村子里，他们不在这儿。他把门钥匙和车钥匙都交到我手里。接下来就交给你了，他说，明天我再过来看你。

我把林勃送出门外，看着他的背影消失在树下，接着走回屋子里，一种强烈的不安占据了我，与其说是不安，更准确地说是恐惧，对于未知和陌生的恐惧。我感觉仿佛自己每一寸皮肤都暴露在危险的空气里。过于紧张。我努力使自己冷静。我在门口站了一会儿，注视着门外那块空地，慢慢平息下来，然后把门关上，坐到床上去，像刚才那样注视着屋内的黑暗。有些事情还没有想通，但此刻我懒得去想，懒得去勾勒那些想法的古怪外形。今天是工作的第一天，总得干些什么。缺什么就干什么。屋子里什么都缺，最缺的是点活气。桌子上要有花，要有笔，书架上要有书；墙上也得挂点什么装饰，最好是幅画；床单要换一张，目前这个颜色和款式太单调老套了，枕头套也是；得有个鞋架，上面放上工作用的水鞋和平时穿的休闲鞋，还要额外放一双鞋子，应急用的，就算不一定穿，也要具备被穿的可能性。想了一圈，觉得要置办的东西实在是太多了，我决定马上就去办。我拿着钥匙走出去，把门锁上，走到屋后，在那个寄生物似的卫生间里看了一眼，然后抽出身来找电瓶车。林勃说电瓶车在墙边，没说对，实际上它停在屋子左侧最近的一株荔枝树下。我骑上去，启动它，打算到集市上去。但是我还不知道集市在哪里，别说集市，要出园子都很费神，好在园子里的工人们为我指了路。我按照园工的指示，骑出园子，沿着来时的公路，到三岔路走左边的大路，一直往前走两公里就看到了。集市所在的大街从头到尾也就几百米长，该有的商店都有，人行道上还有许多小姑娘摆的摊子。从街上走过，我想起小时候跟我爸逛集市的经历，那时候的集市跟现在也差不多，十多年过去了，这里一直没什么变化，好像这十多年的记忆一下子被移除出去一样。我站在大街中央，仿佛还是那个六七岁的孩子。从那些商店门口走过，每一家我都想进去，但是逛完一圈出来仍旧一无所获。商店里有我需要的东西，可我却没有购买的欲望。这算是一种幼年行为的复兴，是吗？我在街上转了一个小时，最终只买了一台二手的碟机和音箱，我都不知道自己买这些有什么用，这些明明不是最需要的，可走进音像店，一眼看到那台银灰色的 DVD 机，我就觉得今天非把它买下来不可。店员说，买了 DVD 机，怎么能不买音箱？于是我把它们全带走，放在电瓶车的篮子里，骑回了荔枝园。回到房间，在床上坐下，重新凝视屋里的黑暗时，我才意识到这一趟到底买了什么。DVD 机和音箱。为什么要买这些东西？而且，为什么只买了这两件东西，我本来计划好要买一堆东西的。我对它们的需要最迫切吗？我把目光投向书架里那两张唱片，也许是看到它们的那一刻，某种行为就被决定了。我走过去，拿在手里翻看，一张是小克莱伯指挥的勃拉姆斯《第四交响曲》，一张是埃利·奈伊的晚期钢琴录音。前者我听过，企鹅三星带花的唱片。有好几年没听过古典乐了。不确定自己是否还能欣赏这种音乐。我把DVD机和音箱接上电源，把唱片放进去，先放的是勃拉姆斯。接着我退回到床边，慢慢躺下去，像躺在一张冰冷的甲板上，镂空而脆弱的甲板，随时都有可能坠落下去，而音乐随着海水袅袅上升，逐渐浸透四周的墙壁。某种黏稠的液体从墙上渗出来，一颗颗闪耀着赭红的光泽，顺着墙壁缓慢而下，跟海水交汇。那一瞬间有轻淡的烟气或光影从水平面逸出，映射到天花板上，由模糊到清晰，渐渐露出一个人形，女人，双手交叠掌心向上，仿佛在抱着什么东西。一个活物，充满生气。是绵羊。我第一时间想到的是张晓刚一九八五年的绘画《抱羊的女人》。这时，突然有什么声响把我惊醒了，我从床上爬起来，以为自己做了一个梦，但其实不是。我没有睡着，音乐刚刚进行到第一乐章的末尾，连第二乐章都没到，定音鼓像击打在泥巴里，铜管和弦乐立即往后仰，准备着这一乐章最后一次的反弹。弹道正确，准备就绪。我已经听了无数遍了，小克莱伯这种傲人的精准向来让我赞赏不已，但这次，我突然产生了深深的烦腻。

我努力使自己的心思从乐曲中挣脱出来。我走过去关掉了音乐，然后坐在旁边的椅子上。一张没有标记的椅子，赤裸的寒冷感，桌子也是，床也是。整个屋子都没有标记，如未被占有的空格，除了这两张唱片。它们最有可能是前任管理员留下来的，其实谁留下来的都无所谓，我宁愿相信是那位断了腿的管理员传递给我的信号。那么其中的用意何在？为什么他不遗留下别的东西，单单是这两张唱片？它们并不名贵，网上几十块就可以淘到，带走也不是什么困难的事情。偏偏它们就被落下了。我检查了这个屋子，一点私人的小物件都没有找到，哪里都清理得干干净净，除了毫无印记的大物件，除了灰尘，除了唱片。当我暂停思考时，屋外的黑暗袭来，和屋内的黑暗连为一体，我打开门，站在门口，听见远处工人们散伙的喧闹声，声音越来越远，逐渐寂灭。我咽下一口唾液，肚子开始咕咕作响。

3

过了一周时间，我逐渐适应了荔枝园的生活。其实也没什么可适应的，不过是换了一种相对原始的生活方式。早睡早起，摒弃互联网。这些对我来说问题不大。林勃每天都会来看我，有时候上午来，有时候下午，也就是打个照面，对我采取放任自流的态度，根本不会有任何指令和要求，仿佛只要确认我还住在这里就行了。我甚至觉得，他有意避免跟我交谈。园里的工人们倒是帮了我许多，他们耐心地解答关于荔枝树的种植、除草、修剪、施肥、防虫和采摘等各种问题，并且亲手教我如何在园里有效率地劳动。他们还帮忙在我的屋子里布置用品。有些午后，我会邀请一些工人来屋里吃饭——我学会了自己做饭，值得一提。这算是在荔枝园里生活的第一步。有时候，我觉得自己并不是这个园子的管理员，相反，我更像是一个“被管理员”，整个园子的一切都在为我服务，或者说，帮助、教育、改造我自身。上一任管理员也是这样的吗？上上任呢？这难道就是林勃给自己的园子雇用管理员的真正意义？我不知道。这个问题只有从当事人口中才能得知答案。从种种迹象来看，林勃让我来这里，确实不仅仅是单纯地为他管理园子，他在意的不是这个园子被管理得好不好，他对此一点也不关心，否则他应该聘请专业且经验丰富的人来为他做事，而不是我这样的新手。我更像是来学习的，是这片荔枝园最忠诚的学徒。在这里生活的短短时间内，我确实学会了很多，也变得接地气了。我能察觉到，体内某些性质在发生改变。在荔枝园尽头的西边，有一片草坡，周末的傍晚时分，我带着做好的盒饭和啤酒到那里去，待到入夜后才回来。在那里，除了喝酒和吃饭，我就静静坐着，欣赏周围的风景。远处的林场看着像地面上凸起的绒毛，旁边有一个经常积水的洼地，反射着夕阳的赤光。每到五点多，牧羊人会按时把山羊从北边的草地赶到这里来喝水，滞留半个小时然后离去。这样的场景对我来说总是充满趣味。看着牧羊人和他的羊群在眼前走过，我总觉得他们就像某种游戏模型，按照固定的程序在这片地域准时出现和消失。此时已经过了立秋，傍晚的太阳还是不小，晒在皮肤上暖烘烘的，有时候风大，没法坐直身子，我就平躺下去，眯着眼睛，夕阳的光弧刚好停在眼睫毛底下。风声里夹杂着草香、山的空旷和森林的威严。啤酒瓶在地上乱滚。这时候我就想：真是寂寞啊！要是有一个人聊聊天就好了。当然了，这只是一瞬即逝的想法，真有别人在，我可能会有些害羞，而且，我也没法设想，两个人分享这种景色，会是怎样的一番感受。应该会很奇怪吧。一个人保留着就好了。从现在的状况来看，也不会有其他人走进我的生活，就连跟我妈打电话，也渐渐觉得没有那么必要了。她仍然坚持每天和我通话，一开始，我还能从她的口气中听出对我工作有了着落的喜悦，可后来慢慢地，她在电话里抑制不住地流露出失望和沮丧。我妈本来以为这份工作能让我离她近些，多陪在她身边，但真实的情况并非如此，我依然不能常常回到家里。我只能安慰她，至少我们还能一个月见一次面。在荔枝园工作将满一个月的时候，我向林勃告了两天假回家探望。在家中，我向我妈提出是否应该添养一只宠物，她表示了拒绝，说自己没有多余的精力去照顾另一条生命了。但我知道，事情远没有她说的那么悲观，她只是出于自私，出于狭隘之爱和自我保护，一直以来都是这样，不愿意和他者产生亲密的联系。她已经习惯了把自己隐藏在孤独之中。在家里待了两天后，我发觉自己越来越无法和她真正地交流，我更愿意回到那个同样孤独的荔枝园里面，那里让我感觉更加温和、舒适一些。我巴不得早日回去。

就这样，我在荔枝园里过着悠闲自乐的日子。清早起床，到公路上跑两圈回来，这时太阳刚刚冒出山头，就着曙光在园子里巡视一遍，鸟儿在薄雾间穿梭的样子让我倍感喜悦。每棵树都有自己的特点，林勃的话是对的，我也相信自己能把它们一一辨别出来。换在一个月前，我可不敢打这种包票。而现在，就算无法像他所说的对每棵树上叶子的数目了如指掌，我也不会觉得那是一件荒诞、不可能实现的事情。我总会达到那个程度的——把每棵树的叶子都数个遍。相比刚来的时候，我的工作效率也突飞猛进，有时候，活儿比较轻松，太阳刚升起没多久，我就一个人把一天的活儿全干完了。工人们来了以后无事可做，便坐在树下乘凉，聊着天。他们需要一副扑克牌，或者一副棋，但他们不敢，谁也不知道林勃什么时候来。对工人们来说，林勃更像是一个行刺者，总能悄无声息地出现在园子里，出现在他们身后，仿佛故意如此。他每天都会光临这里，没人知道他是开车还是怎么来的，谁也没听见汽车的响动，他就突然从荔枝树下冒出来了。林勃会按时在园子里待上十分钟左右，很少做出什么指示，更多的只是四处看看，他一般都会到我屋里去，也有不见我直接离开的时候。我觉得他的做法并不好，没有给我们足够的安全感，当然，我知道，林勃并不信任我们，但是他也无法把这个园子交到一个能让他信任的人手中。那样的人不存在。我有这种感觉。我和林勃一起吃过一顿饭，在镇上的小吃店里就着腌粉条吃炒海螺，他点了好几大碗，告诉我这是他最喜爱的食物。诚然，我同样喜欢吃腌粉条，喜欢吃炒海螺，但这点品味上的共性不会让我高兴或是产生其他特别的感觉，我也不喜欢把这两种食物混起来一块吃。他不会留意到我是先吃了腌粉条，再把海螺吃完的。你喜欢吃吗？他问我。我说，吃啥？他说，吃东西。我说，还好，不是特别爱吃。他说，我爱吃。之前我什么都吃，为了好吃的，我甚至飞去北欧，飞去南美，哪里有好吃的，我都去，街边上烤的炸的拿出来吆喝的，我都吃。我怎么吃都吃不胖，挺神奇的吧。我说，嗯，代谢比较快。他说，我觉得自己体内有个黑洞，这是个很有历史感的东西，从很早开始，我就特别爱吃了。食物像丢进洞里，压根用不着自己去消化。我说，那你是什么时候开始的？他说，不知道。不知道具体什么时候。那时候总觉得特别饿，拼命抓住手边一切可以吃的东西。像做梦一样，梦见一片夜空，然后天上开始掉糖果、鱼头、牛排，掉各种吃的。你做过类似的梦不？我想了想，说，没有吧。话一出口就后悔了，我意识到自己的说法不够规范和精准，实际上我应该是做过类似的梦的，只是一时没想起来罢了。我做过远比饥饿的痛苦更痛苦的梦。林勃用遗憾的口气说，任何一个年轻人做那样的梦都太残酷了。我没有接话。他接着说下去，都是年轻的时候给饿的，那时候大饥荒，什么也没的吃，后来就特别爱吃，不过，现在也吃不动了，得了场大病，肝炎，在医院躺了半年才出来。体重倒是没变化，整个人看上去跟以前一样，现在也活蹦乱跳的，但就是吃不了咯！我说，节制地吃，对身体好。他说，这是一方面。最主要的还是，没那个兴趣了，突然就没了，多少年来的爱好和习惯啊，说没就没，也不知道是什么原因，再也不想着去吃这个吃那个了。他说着，把筷子直立在桌子上，看着它们站立不稳而从桌上摔落。我看着林勃，突然觉得他像极了一个往日的朋友，总之此时的他绝对不像我印象中的他。他换了一副面孔，一副满不在乎、毫无中心主义的面孔。这副面孔让我相信，他可能随时选择在场，也可能随时消失。也许这才是真正的林勃。出现在荔枝园的那个安静严肃的人不是真正的林勃，那只是一个临时游行的躯壳。真正的傲慢的林勃坐在饭桌前，跷着二郎腿，在你面前玩弄着筷子或手机，一阵不安朝你笼罩而来。他的态度令人捉摸不透，既然从心底里就不信任我，为什么还要让我来为他工作，甚至是有意无意地通过这种形式化的谈话来试探我呢？

在荔枝园待满两个月后，林勃邀请我去他的别墅里聚会。他有一栋大别墅，在镇子西边的田野上，这些我早就听工人们提起过。从工人口中我多少知道一些情况。林勃几乎每隔个把月都会在自己家里搞一顿饭局，请的大多数都是当地所谓的名流，从中午开始，一直玩到深夜，第二天早上才陆陆续续散场。你最终也会去的，工人们对我说。他们的意思是之前每一任管理员都去了，我自然也不例外。但我一点也不想去那种地方，我能想象那是怎样一种场面。童年的记忆一下子浮现在脑海里。那些整齐划一的裤子。当然，我现在的目光不仅仅停留在裤子上了，可恰好越是这样，看到越多东西，对这种聚会的厌恶和恐惧就越深刻。从小到大，我痛恨各种各样的聚会，一直都是独来独往，也没交什么朋友。我还记得，上初二的时候，被一位女同学邀请去她家里参加生日宴会，难得她好心请我，不像别的女孩子见到我就躲得远远的，但那次宴会给我留下了巨大的心理阴影。我穿着校服就去了。而在场的所有同学都穿着他们最好看的衣服，在他们中间我感到了羞愧，我第一次发现原来除了校服，大家还会穿这么好看的衣服，因为在学校统一穿校服，渐渐地我都不知道除此之外还有别的服装了。又土又旧的校服穿在身上，仿佛着了火似的灼热无比。用餐时，上来的是比萨饼，我那时可没吃过这种东西，光使用刀叉就累得满头大汗。我的笨拙自然逃不过同学们的眼光，他们哈哈大笑，我就更加窘迫。尤其是玩游戏的时候，要把扑克牌贴到每个人的头顶，通过别人的反应猜出自己的牌数，每次我都会输，惩罚是输一次喝一杯水（那时还不能喝酒否则我就被灌倒了），喝得我肚子胀得动都动不了。连续输了十几回后，一轮到我出场，大家就哄然大笑，我羞愧得只想钻到地缝里去。后来，实在忍受不下去，我借口上厕所，趁机从大门溜走，连一句告辞都没有说，当时我只想走得越快越好，一口气冲回了家，我妈见到我时，还以为碰上抢劫了。那以后我就再也没参加过任何聚会。因此，听说林勃要请我到他家去，我第一反应是拒绝。我不想参加饭局，但实在找不出什么理由拒绝。这是他第一次邀请我去他家里。如果我想拒绝的话，至少也得等到下一次，而不是这一次。我不想让他难堪，特别是，我们的关系尚处于起步和试探阶段，稍有不慎就会留下难以消除的误会和成见，这样对我很不利。新员工要给老板留下好印象，是吧。想通了以后，在赴宴那天，我特意好好装扮了一番，穿上我最好看的蓝底白细纹立领衬衫，仔细地梳了头，这才放心地去林勃那里。他那栋别墅立在一片田地后，前面种着甘蔗还有青椒，两侧有水泥路通向宅第，在大门处交会。大门是开着的，刚走到门前，就有人招呼我进去。管家四五十岁的样子，站在院子里的葵树下，他领着我走去大厅，说，我姓陈。他笑起来整张脸都往下挤。我们是第一次见面，他却要表现出跟我并非第一次见面的样子，他的笑容就是这样告诉我的。在大厅门口，我换了鞋进去，刚走到玄关，就见到一个女人从屏风右边转出来，向我迎面走过来。她长得算不上好看，不是那种标准意义上的美人，不过气质绝佳，我不由得多看了一眼。她从我身旁走过时，一股奇异的香味爬上了我的鼻端，我觉得相当好闻，若有若无的感觉，一点也不熏人。她穿了一条黑色的紧身裙，身材衬托得特别好，她走过后我又忍不住回头看了看，一个细微又感伤的念头突然冒出来：我还能再见到她吗？我刚走进来，她就要出去了，她还会回来吗？不知为何我总觉得这个女人再也不会回来。从玄关出来，就听到大厅里大声说话、大声欢笑的声音，我的双腿开始有些打战，这些声音实在让人心生恐惧。当我出现在大厅时，林勃第一时间瞟见了我，大声招呼我过去，兴致勃勃地向在座的客人介绍我，说这是他新找来的荔枝园管理员。刚介绍完毕，客人们就连声叫好，不约而同地向我打招呼。我本以为能从这些声音里头听见一些讽刺的意味，结果什么也没有，这群座上宾几乎都是四五十岁的中年男人，依次坐在沙发、树根凳子和小型按摩椅上,脸上带着近乎相似的微笑。这种笑容仿佛深不见底的洞窟，我想如果把身下的椅子朝他们投过去，这些人也会瞬间吸收掉而毫发无损吧。我刚一落座，他们就像条件反射一样，马上把注意力从我身上移走，回归到各自刚刚的话题中。他们三五成群，认真地聊着天，但谈论的那些东西一点也无法引起我的兴趣。让人好笑又不解的是，他们相互说起话来，刚才那种笑容又不知所踪了，就像一阵大风把晾干的衣服悉数刮跑。没有人跟我说话。最好不过。我恨不得从这里走出去，找个地方独自待着。林勃坐在一张表面覆着一层皮毛的太师椅上，穿了一件黄绿相间的短裤，显得相当随意。他一边用手机和别人发短信，一边跟旁边一位三十出头的女人聊几句，无暇顾及我。但他身边的女人引起了我的注意，她是林勃的妻子吗？马上我就否定了这个念头，从着装打扮来看，她应该像我一样，也是来客之一。不过，从交流的神态来看，他们之间似乎还有一点被精心保护起来的、暧昧不清的关系。在我打量这个女人的时候，她突然也把目光投了过来，我们四目相对的一刻，我看到了她眼睛里一闪而过的猜疑，是猜疑不是慌张，她有一种远超我想象的冷酷，这种冷酷使我立刻笃信刚才的判断是完全正确的。这是一种永恒的信任，也是一种永恒的暧昧。我连忙把目光转移到别处，试图化解尴尬的气氛。正对着我的墙上挂着一幅毕加索的《梦》的复制品。看到这幅画时我有点惊讶，不仅仅是因为这是一幅复制品，一幅即便原作出自毕加索也毫无价值的复制品（我不太敢相信竟然能在这里，在这种地方看到），更因为这幅画里的女性，跟林勃身旁那位女性实在是太像了。她和林勃聊天时，确实就像在一个陶醉的梦里，不知为何我总觉得那种神态有点迷人，尽管现实里，她有点发胖，皮肤也没有画里那么白，但那种迷人让我不敢朝她的方向看过去。这时，林勃站起来，走到楼梯旁去接电话。我们都听见他在大声地争论着什么。他的嗓音甚至盖过了所有人讨论的声音。很快地，他又转了回来，手机还拿在手里，向我们宣布了一个好消息：他刚刚又拍下了一幅有价值的艺术品，是 ××× 的画作。这个画家我还挺熟悉的，“八〇”后，但在山水画领域的造诣已经相当精深。能收藏一幅他的画自然是值得高兴的事。客人们争相向林勃祝贺，尽管他们可能连画家的名字都没听过，我知道这点，有些人甚至还老前辈老前辈地叫，口气里都显出对这位大师闻名已久的样子。我心里暗暗发笑，同时又觉得无比厌烦。从林勃对来客的回应来看，这些人的身份有的是副市长、副县长、区长、镇长、协会主席、委员会主席、大学教授、银行行长，也有前任副市长、前任副县长、前任区长、前任镇长、前任协会主席、前任委员会主席、退休大学教授、前任银行行长，其余一些是当地的艺术家、作家、艺术工作者和编辑。林勃一一回应着，仿佛也是一种隐含的介绍仪式，这并非因为有我这个外人在旁，他们可不管我在不在旁边，这种介绍的程序早就在他们之间预设好了，即便他们对彼此已经无比熟悉，可一听到自己或别人的称谓从林勃口中这样被介绍出来，每个人都显得特别开心。那种雷同的微笑又挂在每个人的脸上。为了回避这种场景，我借口上厕所。又是上厕所。多年前的经历仿佛一下子在我身上重现。当然，我不可能再像以前那样，借机从屋子里走出去。当我站在卫生间里，看着镜子，我像是看到了一个处于发育阶段、瘦骨嶙峋、身穿校服的自己。这么多年来,好像什么也没有改变。自我嘲笑。我一点也不想从卫生间里走出去。就让我从下水道里掉下去吧。

不知过了多久，我听见走廊里传来众人喧闹的声音，这时我才从卫生间走出去。用餐时间到了。我悄悄地汇入人流，尽量不引起别人的注意，在队伍后面，我才真正有机会跟别人聊起天来，是那几个当地的文艺工作者，其中年纪最小的大概比我大十岁。一个作家问我，你画画吗？我回答说，不，我不画。他又问，那你搞雕塑吗？我说，不搞。他问，那你写东西吧？我说，不，我也不写。这时他们几个人很惊奇地看着我，大概是不敢相信林勃竟然会招来一个既不懂艺术也不懂写作的人来当管理员。随后有人问我，那你学的专业是什么？我说，环境工程。他们相互对望着，不作声了。这时我问，之前的管理员都不是像我这样的吗？他们说是的。那是怎样的？他们说，你不认识老孔吗？我说，那是谁？一个编辑回答，孔舒华，我们这里特别有名的画家啊，画油画的，据说在国外还拿了金奖的！你还真是什么都不知道，他可是在你之前当过管理员的。我说，原来是这样，听说他半年前出了场事故……这位编辑听到我提起这个，回过头去，跟其他人交换了一下眼色。他们干巴巴地笑了几声。虽然有些失礼，但我依然追问下去，你们知道是怎么一回事吗？他们一致摆摆手说不太清楚。我们本来在队伍的最后面，节奏一致地慢吞吞地走着，几个人却突然加快了脚步，像是要从我的追问中挣脱出来似的。我估摸着从他们口中大概问不到什么，也便不再开口。这几个文艺工作者，一瞬间就恢复了先前那种高傲倨慢的情态，仿佛刚才与我交谈只是随意打开的一个缺口。而现在，缺口已经紧紧闭合。过一会儿，我们到达餐厅，餐厅有五六十平方米大小，中间放着两张雕花大餐桌，我们二十来号人站在餐厅里也不觉得拥挤。所有人分成两桌入座，我和林勃不在一张饭桌上，之前和他在一起的那个女人，还跟他坐在同一个饭席上，不过，这次他们隔了好几个人的距离，没有挨在一起。天花板的大吊灯和四周墙上的绿盖子壁灯，光芒交织，每个人脸上都反照出一种黑亮黑亮的色调。少许的喧闹，间杂着令人沉迷的安静。人们说话的声音忽而高亢响亮，忽而渐渐降低音量，像是被机器刻意处理过一样。传菜的服务生跟我差不多的年纪，做事麻利又不失分寸，每次她迅速靠近我身旁，把菜端上，然后转身离开，我都会从她的围裙上闻到一股柔和的汗味。菜一上来，乌木筷子就伸进盘子撞击出清脆的响声，不一会儿，盘子里的菜就不见了一大半。大家看起来就像饿了很多天。为什么人们这么着急呢？这些饭菜也不见得比一般的家常菜好吃到哪里去。倒酒的时候，每个人面前都有一只小红杯子，但没有人私下敬我酒，我也不给别人敬酒，那个年轻的编辑倒是给所有人都敬了一遍，除了我。我是一个隐形人，所有人都看不见我，这样最好。我酒量本来就不好，三巡过后，感觉整个人仿佛热气球一样要飘起来了。我向后靠在椅子上。整个餐厅被一道绿光包围起来，表面形成一个半球体，上升，周围的墙壁逐渐断裂，墙根和地板连接的地方，一点点地变成细块，沉落下去。紧接着，我看到了黑色的水流从墙壁的裂口涌出，它们一边坠落，一边跨过沟壑，弥漫在地板上，而绿色的半球体漂浮着，载着所有人，我们都静止了，张大着嘴，食物还停留在手和嘴巴之间。我出现了幻觉。我觉得自己还能在这幻觉里待很长一段时间。这时，一阵钢琴声突然传入耳朵。音量不大，但听得相当清楚。优美，有力，带着些许甜蜜的忧伤。当然，我没法说出乐曲的名字，也不太懂调性和节奏，毕竟，我距离这种高雅的音乐太远了，不过我心里认定，能弹出这种音乐的，一定是一位专业的钢琴家。我循着琴声望去，钢琴边坐着一个熟悉的身影，啊，原来是她，是刚才在玄关碰到的女士。尽管背对着我，可从背影我一眼就认出她了。不知她什么时候出现在这里，我还以为她从大门出去就再也不回来了。原来她还会弹一手钢琴。我听到林勃大声地招呼她，陆陆，来喝酒！陆陆，也许是她的名字，也许是昵称。陆陆跟林勃又是什么关系？看起来她只比我大几岁，但我有种感觉，她的外表看起来总是比实际年龄要小几岁的。陆陆显然听到林勃的招呼，却没有理会，仍然全身心投入在琴键上，连一个音也没有受到影响。饭桌上的其他客人应该对她很熟悉，他们像平常一样喝着酒，仿佛这种美妙的音乐对他们来说，不过是无味的白开水。在场的所有人都认识她，除了我。我终于感觉到了焦虑，一种难以忍受的焦虑。在此之前，无论我怎么被冷落，这种情绪都没有出现过。我忍不住问旁边的人——我主动去询问别人——她是谁？可那人似乎不太想回答。等我问到第二遍时，他才说，林老板家的钢琴老师，你不知道吗？在这里都有一年了。原来如此，钢琴老师，我早该想到的，按她这样的水平，教很多人都绰绰有余。我心里冒出了新的疑问，她教谁？那人回答，主人家的孩子啊，不然还有谁？我说，主人家的孩子？哪里？没见着啊。那人停顿了一下，说，我说错了，不是主人家的孩子，是侄儿，林老板的侄儿，你没见着就对了，我也没见着几次，谁知道在哪儿呢，应该在学校吧。我心想：想必是贵族学校了。心室中央被蚂蚁咬了一口。麻痒热辣的嫉妒。这种幸福可不是什么人都有的。

把自己套进去。假如我年少的时候，有这样一位钢琴老师，我一定会成为世界闻名的钢琴神童。可我没有，有的只是周围的疏离和憎恨。两个平行世界中的自己，一个穷困而孤僻的我在别人的别墅里想象并嫉妒着另一个在欧洲的音乐厅里巡演的我。可笑。不，像陆陆这种级别的钢琴师，不应该给一个小孩子上课，这样对她来说，太牛刀小用了。她应该像王羽佳或者陈萨那样，到全国各地的音乐厅里去，哪怕接受那些数以万计的庸常之众的欢呼，也比待在这种鸟不拉屎的地方，给这群心智不全的老年人或者小孩子弹钢琴要好得多。她为什么要留在这种地方？我不由得朝林勃望去，这位农产品大老板，因酒精的作用而满脸涨红，醉意让他眯起了眼睛，不可避免地露出眼尾尖锐的鱼尾纹，他没有注意到我在看他，正全身心投入到新一轮的酒令游戏中。那一刻我对他产生了深深的厌恶——那些可鄙的面相和动作——如果说第一次在火车站见面时，他的形象和气质给我留下了良好的印象，那么，在此刻，已消失殆尽，并且已经全被我抛到万丈谷底。我对林勃从未如此鄙夷过。我不再认为他是一位多面性并让人产生兴趣的人，他唯一剩下的面孔也跟周围人没有差别，湮没在人群里。是什么将陆陆和林勃联系在一起，让她愿意在这种地方浪费她的技艺？林勃不过是有几个钱罢了，很难说他对艺术有着真正的追求，从各方面情况来看，他不像是具有真正审美力的人。弹完这首乐曲最后一个音，陆陆站起身，慢慢转过来，向所有人点头致意。其他人就像什么也没看到一样，准确地说，他们确实没有看到，他们的注意力不在她的身上，也不在钢琴上，而是在面前的红酒杯里。只有我一个人鼓起了掌，几个文艺工作者也在跟着鼓。没有用。我为她痛心，默默祈祷她不要从钢琴旁边离开，走到我们这里来——我以为陆陆要过来了，但她没有，她马上又转过身去，坐下，开始弹奏另一首曲子。啊，哈利路亚。她一直在做着正确的选择。

当陆陆弹下第一个音的时候，一种久违的熟悉感传遍了全身，我一定听过这首，而且听过无数遍，每个音下落的过程仿佛经历过瞬时的凝固，当它真正掉下去的时候，你以为它还在半空，实际上你看到的只是残影。哎，我想起来了，是《月光》，贝多芬的《月光》，这么有名的曲子，居然现在才回忆起来。我应该更快回忆起来的，对，那张唱片，留在屋子里的两张唱片的其中之一，是埃利·奈伊的晚期钢琴录音，那里面也有贝多芬的《月光奏鸣曲》，那张唱片我是听过的，虽然只有一遍，听完后就把它丢在一边。我只记得埃利·奈伊弹起首乐章来奇慢无比，不仅仅是慢，还细，像海滩的沙子一样细，一开始几乎听不到任何的声音，但是陆陆的弹奏就完全不一样，她的每个音都是非常明确的，像上下整齐的牙齿精准地咬合。她并不缺少节奏的变化，相反，她的变化给人以一种绝对的信心。我紧盯着她的背影入了迷。我的内心同时有两种力量搏击、对抗着。渴望和自卑。我无比渴望弹奏完之后，走到她跟前，向她自我介绍，交个朋友，但性格中长久以来的自卑使我犹豫不定，我觉得自己连和她说话的资格都没有，就凭我这点音乐素养，就算她愿意和我说话，对话也是无法维持下去的。两句之内我就只能闭嘴。可最终，她弹奏完以后，我还是走了上去，这时饭局已经结束，我夹杂在周围的人流里，向她打了第一声招呼。大概是我声音太小了她没有听见。我再次叫了她一声。她朝我转过头，下巴抬起，鼻尖微微对着我。我心里一阵紧张，支支吾吾地说，你好……我叫小关，是林老板的朋友，那个，你弹的钢琴很好听。她像什么也没听见似的，马上转过身去，从我身旁走开了。过了好一会儿我才回过神来。我觉得有点沮丧，只是有一点，没有太厉害，倒不是因为她没有理我而转身离开，不是因为她的高傲无礼，相反，这点特质让我觉得更加迷人，引起我沮丧的是，我刚才的表现不是特别好，我应该表现得更好的。不过，我不会因此沉沦。至少在她面前，我迈出了第一步。我不是对她无话可说的。我介绍了自己，她也全部听到了，这就够了。陆陆离开后，那晚我再也没看到她的身影，像一只善于躲藏的黑猫，但我知道，她一定是已经离开了别墅。这次是真正离开。她仿佛拥有随意进出的特权。她是暗的魔法师。身着象征世界尺度的衣袍。沉默的修行者。就像我之于荔枝园。这是回去的路上我脑海里一直萦绕着的事。

4

我期待着下一次的饭局。除了在林勃的家里，在那种喧哗而无意义的宴会上，我想不到还有什么地方可以碰见陆陆。换句话说，如果不是能见到她，打死我也不会再踏进那种饭局半步。但在此之前，在下一次饭局之前，我还有更多的工作要做。我在屋里，把那两张唱片听了又听，特别是那张几乎包含了所有贝多芬奏鸣曲的埃利·奈伊的专辑，我反复听了上百遍，强迫自己喜欢上这个纳粹的老太婆艺术家。她的演绎方式很难让人一下子沉迷进去，她不属于那种张扬的钢琴家，她的音乐像地下的蚯蚓，崇高的潜行者。她的变化你也无法觉察，你想象不到她干了怎样一件大事。分解、消化着时代的碎片。而音乐不受影响。艺术不受影响。她做的就是这样的工作：保护着过去、现在和未来的贝多芬。不仅仅是贝多芬，还有巴赫、舒伯特和勃拉姆斯。

除了这两张唱片，我还买了几百张的古典唱片，一张张地反复听，我目前的工作就是这些，为了下次见到陆陆，不至于在谈及音乐时无话可说。我似乎有种信心，下次见面我一定能打开她冷酷的心扉，至少不会像上次那样，一句话都没有说成。我一定能和她搭上话的，只是要抓住某个契机，就像一把精致的机关锁，只是要找到那个破解的关键，而那个破解的关键，我认为就是音乐。是古典音乐。这个猜测不是没缘由的。有天晚上，我像往常一样躺在床上，关了灯，听着埃利·奈伊的唱片准备入眠，乐章之间陷入的沉寂让我一度以为碟机出了问题，我跳下床，一个念头也突然随之跳了出来。我忍不住“啊”的一声叫出来。这个念头让我更加确信之前的猜测了。前任管理员不会平白无故给我留了两张唱片。埃利·奈伊。贝多芬的守卫者。《月光奏鸣曲》。这些是巧合吗？不。为什么他清空了所有的东西，只给我留了两张唱片？他为什么不留别的东西？一直以来，我都在思考这些问题，直到现在，答案才变得如此明晰。他是故意把唱片留下来的。作为一把钥匙。只有这把钥匙，才能解开陆陆的锁。一定是这样。想清楚这些后，我激动得睡不着觉。我记得以前读过一个古代的故事，说是一个皇帝在某个地方捕获了一只鸾鸟，带回宫里后，三年都不鸣不叫。有一次皇后跟皇帝说，听说鸾鸟见到自己的同类就会叫，你怎么不把镜子放到它面前试试？于是皇帝把镜子放在鸾鸟面前，果不其然，鸾鸟一看到镜子里面的自己，真的振声大叫起来。就像镜子能让鸾鸟鸣叫一样，音乐也能让陆陆对我开口说话，没错，如果上次搭讪，我能提及肖邦或者舒伯特的话，她一定不会转身就走了，就像某种奇异的智能设定，只是我没有输入正确的指令。在荔枝园里，我向工人们打听过陆陆，但一无所获。他们似乎对她不怎么了解。我有点惊讶。以前，只要我打听起关于林勃的事情，他们知无不言言无不尽（比如跟林勃待在一起的那位女士，我从工人那儿知道，是退休县长的老婆，同时也是林勃最近勾搭上的情妇），以至于给我一种感觉，在这个地方，好像没有什么他们不知道的。但我一提起陆陆，他们反问，那是谁？直到我大致描绘了一些她的外表特征，他们才说，大概是有这么一个女人，是弹钢琴的，也是从外地来的，其他的就不清楚了。“钢琴”两个字在他们工人那里是冷冰冰的。也难怪他们不认识陆陆，那种高雅的女士，那样高雅的艺术，对他们来说是完全绝缘的吧，那种等级的信息，根本无法进入他们的脑海里，自然也就不会留下任何痕迹。真是令人鄙夷。我开始变得心浮气躁。脑里只想着下一次的宴会。我平静不下去，音乐也无法让我平息，相反，越听那些古典乐，使我产生越多幻想，幻想着那位具有魔力的钢琴教师。我没法像之前那样面对园子的荔枝树了。每天我起床，一想到园子里的荔枝树，园子里劳动的工人，还有繁复的无穷无尽的劳作，心里就无比泄气。我再也不早睡早起了。所幸到了秋季，荔枝园里的活儿也相对轻松。之前的习惯被抛诸脑后。我起床越来越晚，睡到中午才起，有时候干脆一整天都不出屋子。奇怪的是，林勃也不怎么来园子里视察了。一周也就来一两次。有时候，我睡到中午，起床后跑到荔枝树下，询问闲坐的工人，今天林勃来了没有？他们一致回答，没有。我相信他们不会骗我。很巧合，我偷懒的时候，一次也没有被林勃撞见。他来园子的频率减少，不大可能是出于对我的信任，我不觉得自己已经取得了他的信任，应该是别的原因令他无暇顾及这边，又或者，他正以另一种方式窥视着我。来自黑暗中的窥视。这个荔枝园就是他用来窥视的工具，只要我置身于此，就会规训和改造着这个园子，同时也不断地被园子规训和改造。无论是哪个方面，他都能通过荔枝园掌握我的动态。他无须时刻监视，这里每棵树都是他的监视器。有几次，我们傍晚在园子里碰面，我正准备去斜坡上坐会儿，而他找我去外面吃饭，当然，我不想让他知道斜坡的事情，于是跟他去了。说实话，我并不愿意和林勃一块吃饭，自从上次宴会后，我对他这个人就没剩多少好感，不过，远远谈不上厌恶，那是一种比单纯的喜好或厌憎复杂得多的情感。让我怀有如此复杂情感的人，除了他，还有我妈，但他们是完全不同的人，我对他们怀有的复杂情感也是完全不同的。如果说，一定要在他们两人身上找出某种共同点，作为这种复杂情感的撑托，那只能是一个方面：他们都有着骚动不安的反差性。当然，对于林勃，我还缺乏了解，因为各自的戒备，我们无法走进对方的内心，只是依靠荔枝园来维系着关系，他是雇主，是上司，我是雇员，是下属，就是这么简单，虽然他请我吃饭、聊天，但这不能解决什么问题。他大我二十来岁，论辈分，完全可以做我的父辈了，这种差异几乎是不可能弥补的，况且他也不存在与我心灵沟通的必要。请我吃饭，更像一种礼节性的举动。如果我有权力，能把这种礼节性的举动抹除掉，从举动到认知全部抹除，我会毫不犹豫地去做。和林勃吃饭时，面对面、碗对碗、杯对杯，总有种不自觉的尴尬，我甚至觉得拿着碗筷吃饭的这个人不是自己，是另外一个人，一部只会对答“是”“对”“嗯”的机器。我都听不到自己在说什么。跟他聊天向来如此。即便几个简单的单字，我也无法相信那是从自己嘴里蹦出来的。这次，他找我吃饭，我一句话也不说，甚至，有时候他说话，我都没有正视他的眼睛。我知道这样相当无礼，也许会激怒他，做出极端的、与之前完全不同的反应，我倒真想看看。如果他真那样反应，我该怎么收场，很冒险，要豁出去。不过，林勃没有如我所愿，准确地说，这也不算是真正的愿望，他只是没有走上我预设的微暗的轨道，他精准地停在了安全的区域，平静、徐缓、波澜不惊地继续着他的讲述。你想过自己为什么要回家乡吗，小关？他说话时右手指头轻敲着桌沿，得好好想想，你之前跟我说过，是为了你妈，我觉得这不太对，你还没有真正仔细考虑过这个问题，也许现在你心里还没有一个答案，不想回答这个问题。没关系。但你一定得明白这件事情，没有人可以依靠得上，也没有哪样东西、哪种情感能够让你依靠太长久的时间。俄狄浦斯转了一圈回来，杀了自己的父母。对，他母亲也算是死了。埃涅阿斯逃离特洛伊去了另一个幻象中的王国。奥德赛虽然回来了，但真正的奥德赛已经死在了路上，回来的只是一具不中用的躯壳。你在外面转了一圈，还是回来这个地方，你好好想想，你到底经历了什么，经历的意义何在？为什么要选择游荡？游荡和流亡。人在异乡。很好，很值得羡慕。游荡是一种很让人嫉妒的行为，因为你根本不用和别人分享什么，你不用顾及别人，画地为牢就行，你有自己的王国，每个流浪汉都有自己的王国，都有一颗强大的内心，足够强大吗？对吧。我看到了你的侵略性，看到了你王国之间的栅栏，游荡最危险之处凸显了出来，你对别人、对他者、对其他小团体的仇视和敌意未免太过强烈，你太过于精致地自我保护了。你想改变，融入呼吸共同体中，吾人生于斯长于斯老于斯死于斯。

你早已经见识过家乡的风景，见识过家乡的习俗和人群，多少了解一些，最重要的是，你认同它们，它们让你觉得安全、安稳，让你只想乖乖睡个大觉，起床时闻到妈妈做饭的香气，这样就不孤独了吗？不，它还会找到你，那是另一种孤独，来自自我中心的孤独。记住一件事，我说了这么多，就想说清楚一件事：不要想着依靠什么，你应该也知道这个道理，没有什么东西是安全的，没有什么东西可靠。唯一可信的只是一个瞬间：一个从目前的环境跳跃到下一个环境的瞬间。你可以做到的。从一个地方到另一个地方。那天晚上他跟我说了许多，我都听得云里雾里，在我看来，人在不在家乡，根本不需要考虑这么多问题，我确实也从未想过，这些说辞只代表了他自己，他不过是借我的事情来说明自己的想法，他的想法跟我有什么关系，无形之中的介入感真要命。在林勃面前，我一句话也不想说，我知道，在这里，在我的家乡，他算得上是一个异乡人，他确实来自外地，确实没有安全感，那又与我何干？我们的情况完全不同，我也不带有任何交流的期望，如果他还有十个荔枝园，力所能及之下，我都会为他工作，只有工作，仅此而已。

那晚之后，我又后悔不已，毕竟是做得过火了。过段时间林勃又叫我去外面吃饭，表现得跟什么事也没有似的，这让我挺羞愧的，对他的敌意消除了一大半。在待人上，我想我还远远不够成熟。我是一个书呆子，除了书本上那一点点毫无实践意义的东西，我一无所有。尤其令我担心的是，林勃也许会因此不再邀请我参加宴会，那样我就没法见着陆陆了。估摸着快要举行宴会的那几天里，每天起床后我都盯着手机上日期的数字发愁，如果他不请我去他家，那就完了，我总不能不请自去，悄悄潜入他家，悄悄出现在酒席上，或者暗中偷窥陆陆弹钢琴的样子。那简直跟日本成人电影里的痴汉角色没什么两样。所幸我还是接到了林勃的电话，他告诉我宴会的时间，让我务必前来，我满心欢喜地一口答应，一挂电话，开心得在屋子里翻了个跟头。那天，我和上次一样，精心打扮后去了他家，从门口进去，刚进玄关的时候，心脏就按捺不住地怦怦乱跳，我幻想着陆陆还像上次那样从转角处走出来，其实并没有，我穿过玄关走进客厅时，见到的还是那些熟悉却不想再见第二遍的面孔。陆陆不在那里。确实，她不应该在那个地方。我想，她应该只有晚宴开始后才会出现，她得为客人们弹奏钢琴，只有那时才能见到她了。可是，到了晚宴的时间，陆陆还是没有出现，钢琴前面的位置空荡荡的，琴声没有响起。酒席上，我眼睛一直望着钢琴的方向，越来越着急，她到底去哪儿了？我忍不住问身旁的服务生，钢琴师怎么不在？那位二十几岁的姑娘机械地回答，不清楚。直到晚宴将尽，陆陆仍然没有出现，而我已经喝得醉醺醺的，倒伏在桌子上了。大概谁也不会留意一个钢琴师的去向。那晚她自始至终都没有出现。林勃一定知道她在哪里，也许他压根就没有邀请她，一切只有他才知道，但我不可能去问他。陆陆一定是出于什么原因消失了，我知道，不然她会来，在晚宴上弹奏，在这次之前她都是这么做的，她从未缺席过一次。我知道这些。

那么，陆陆会去哪儿呢？除了林勃的别墅，我还能在别的什么地方遇见她吗？如果我真的想见她，就不应该寄希望于林勃的饭局，在那种让人生厌的环境下，被动地等她出现。我决定去找她。从已知的信息来看：她单身，年龄在二十七到三十二岁之间，从外地来。还有一点，她是中央音乐学院钢琴系的毕业生，这是我从管家那里打听来的。算起来，她应该已经毕业很多年了，比我早很多届，难道这么多年她都待在林勃身边，给他的侄儿当钢琴教师吗？不至于。我为她惋惜，她不应该把时间用在这种地方，她不该待在这里。中国音乐院校培养的专业机器千千万，像她这种天赋和水准的人，注定是万里挑一。她现在的水平足以在国内开独奏音乐会。不过，她更应该去国外接受深造，去柯蒂斯音乐学院，去茱莉亚音乐学院，去伊斯曼音乐学院，去那些能更好地发展她的才能的地方。陆陆真的是心甘情愿地跟随林勃吗？这个将近五十岁的老男人哪儿来的这么大魅力？他是有几个钱，不仅有钱还有些真本事。没办法，虽然这让人嫉妒，但不得不承认，林勃是个复杂的人，他有双面性，有智慧，有才能，也好场面，爱虚荣。真要说的话，我不认为林勃的财富能对陆陆产生半点吸引力，一定是别的东西，他的某些特质把她招来了身边。我可真是嫉妒。陆陆是外地人，可惜她从未跟我说过话，连她的声音，我都没有听到过，不然，我可以凭借口音推断她的籍贯。但我有种直觉，她来自北方，是北方的姑娘，我相信自己的直觉更胜于各种面容分析和口音推测。何况，她长得确实更像北方人。虽然同为外地人，林勃的老家不过相隔几百公里，而她则大概来自几千公里外的遥远的北方异域。对于北方，我没什么印象，我一直生活在南方也没去过北方，徒有一些贫瘠的想象。我听说，北方的冬天尤其冷，能冻死人的那种寒冷，而且据说北方人都不能咬耳朵，因为耳朵冻死了，硬邦邦的，也脆嘎嘎的，嘴巴一碰就会掉，所以那边的人说话都用大嗓门吼（陆陆也会开口吼吗），在情人之间，真是一点浪漫都没有。对于北方的想象就是雪国的想象，大雪像堆积木似的从地面一层层盖到穹顶，人们像蚂蚁被压在底下，不是寒冷而是雪的重量使人们死去。积雪而成的高大的山，中间还有无数的窟窿，一到晚上，会有巡夜的、挥舞着钩镰的神灵四处游荡，抓住那些捣蛋的坏人，把他们塞进冰雪的窟窿里。

这是小时候我妈给我描绘的故事。每次我玩闹着不肯睡觉，她都会讲一些可怕的故事，把我吓得瑟瑟发抖，只能偎缩在她身旁，乖乖睡去。我妈确实有讲故事的魔力，如果没有这点，她就是彻头彻尾自私自利、让人生厌的女人。她也从没去过北方，可讲起故事来，就是能让人信服，即便是妖魔鬼怪的事情，她也能在你的脑海里变成真的。当然，北方没有她描述的那么可怕，也不全都是冰天雪地，就像南方，也不全都是炎热燎烤。虽然没去过北方，但我接触过一些北方人，跟他们没什么交情，只是一种观看，如同小孩子躲在衣柜里，透过柜门缝隙观察外头的动静。我发现，他们确实跟南方人有着很大的不同，从外到内，全方位的不同，这些不同让我觉得自己没办法跟北方人交往。差异的根本源于语言体系的差异。语言能决定感官世界，也能决定现实世界。北方人的交流方式太直接了，他们的幽默也是，在我看来，我们简直处于镜子的两面。镜子的一面无法和另一面达成和解。两种语言体系也无法和解。陆陆还没有跟我说过话，我不知道她开口对我说第一句话时，会是怎样的情形，可能会有两种：一种是失望透顶，情感翻转，从此在心里把她拉黑；另一种则是情感进一步升华，更加喜欢她，并且爱上北方，爱上北方的语言体系。两种情况都有极大的可能。薛定谔的猫。在没有正式交流之前，谁也不能确定结果会是怎样。这个北方的女孩注定对我影响巨大。林勃一定是去了北方，也许就是北京，在陆陆求学的地方结识她的。出于某种原因，她从北方跟随他来到了南方，从一个语言体系跳到了另一个，设身处地地想想，那一定是相当艰难而痛苦的选择——我会为了她跑去北方生活吗？我不确定。可是她还是来了南方。她的选择。嫉妒。她和林勃之间存在那种亲密关系吗？是爱情吗？我不知道，我看不出来。那个年长一些、毕加索式的女人和林勃看上去倒更像有这种可能。看上去，我是说，表面的东西，有时候表面的亲密不代表真正的亲密，真正的亲密也不一定在表面展现出来。那个年长的女人据说是林勃的情妇，可真实情况，谁知道呢？

陆陆会住在哪里？她不住在林勃家，单身的外地女孩，想必一个人租房子住，而且她应该也不会选择租在附近，这种乡下地方，腌臜又不安全。她租的房子应该在城镇里面。虽然都是外地人，但看林勃的所作所为——建了大别墅，承包了荔枝园，还跟当地县官乡绅、“精英名流”打交道，他是想拼命融入这个地方，想成为这里的一分子；但陆陆就未必了，她可能从未想过融入，这里对她来说只是一个寄居的环境，做个假设，即便一辈子待在这里，她也不会融入，没有这种考虑，也没有必要。那么，她挑选的住所应该不在县城中心，不在商业区，也不会在群体的住宅区，既不亲近城区，也不亲近郊区，而是在两者之间，靠近学校、铁路、汽车修理厂和古老的废弃港口。我大概能猜测出陆陆租住的区域。我对这个地方了如指掌，痛恨它并且熟悉它。这里的每一条街道我都走过，只要知道大致范围，我就能用自己的方式找到她。我找了一张城区的地图，用红笔圈出来可能的区域，标注完毕后，我发现这些红圈整体看上去像一个下半身偏长、不协调的L形。有点滑稽。我觉得自己开始不太认识这些地方了。我产生一种错觉,好像要寻找的对象不是陆陆，而是这个奇怪的L形区域。陆陆又不一定就在其中，我未必能在这里找到陆陆，就是说，这个区域是确定的，而陆陆不能确定。假设陆陆确实不在这里，那我唯一的终极目的就是这个L形了。手段和目的之间的转换是常有的事情。这个L形有什么吸引我的地方吗？至少从地图上看，还是能勾起一些记忆的。小时候最贫穷的时候，我和我妈在鞋厂旁边守着，等废弃边角料被成捆地扔出来，我们再装上小车推到废品收购处卖掉。鞋厂就在L形区域里面。我爸还没跟别人跑的时候，经常带我去水库转悠，天气凉快我们钓鱼，天气热了就下水游泳。时常有人在水库里溺水，据说里面有水猴子，周边立满了警告告示，但我们照游我们的，一直都没出什么问题。我就是在那个时候学会游泳的，我爸亲自教我，他的水性相当好，和我也玩得来。我们还曾在水底比憋气，掰手腕。那是很多个夏天的记忆。水库也在这个L

形区域里。在这里还会遇见更多熟悉的记忆。就像在大脑里开碰碰车，陌生又刺激，使劲地往前开，只有往前开，从山崖和大河上方跨越，才能捕获那些记忆元。我利用了周末空闲的两天时间实施计划。一大早我就坐车回到城里，到那个城市边缘的区域去，从头走到尾，从L的一头走到直角再走到那头，然后折返一遍，如此反复。我认为这样做一定可以找到陆陆。我有预感，她会不经意间在楼房的拐角、花圃中央、水泥道路的尽头处、小卖店前面的板凳上、一条家犬身后、一根电线杆后面、围墙的缺口处出现，身上穿着最平常的衣服，没有化妆，眼睛慵懒地半闭着，还没从睡眠中挣脱出来。就像第一次见面的时候，毫无预兆地，她仿佛看不见我似的，从我身旁经过。就算是第二次、第三次偶遇，她依然认不出我。我是一个隐形人。尽管我不能存在于她的眼睛里，还是有好处的，我可以肆无忌惮地观察她而不被发现。这是一种最方便也最有利的窥视。绕过鞋厂，后面有一条很长的下坡路，这条水泥路一直延伸到远处的林地，和通往港口的大路交会，两边是一些自建的房屋，还有教师宿舍，附近有一个小学。临近道路的草坪都精心修剪过，用刷过白漆的栅栏隔开。走到这条路时，我有意识地放慢脚步，走得越慢，预感就越发强烈。陆陆极有可能在我左右两侧出现。我必须慢点走。一股香气跳到了鼻端。我不能确定是不是陆陆身上的，但是我的确闻到了香味，花香或者是别的什么。即便不是她的那种香味，也带来了某种暗示：陆陆喜欢香味，很有可能在这里住。有些院子前种着紫荆树，围墙上还爬着茂密的紫红色三角梅，这些花卉在这里算是非常雅致了。我走到一栋楼房下面，看到大门两旁整齐摆放着各式各样的花盆，便更加坚定地认为陆陆就住在这栋楼里，于是我停下脚步，在门前站了大概五分钟，什么也没发生，我便离开这里，继续往前走。好像又有什么记忆跳出来了。等走到终点，再次返回这条路时，我才猛然想起，以前也走过这条路。那还是读小学的时候，但不是在附近的这个。事情发生在我爸跑路之后。那时候我喜欢班上的一个女同学，姓邹，皮肤特别白，很瘦，当时我喜欢她到了什么程度呢——只要有男生跟她讲话，我就会变得很愤怒。但我几乎没跟她说过话，那时我很少跟别人说话，而不愿意和她讲话是因为，讲话时，我能明显感觉到她一点也不喜欢我，甚至是，有种抗拒的情感。这让我非常愤怒，因为以前她不是这样的。我说的以前，指的是几年前，刚入学的时候。那会儿我们就是同班同学，我跟别人打架很有一手，她还认我作师父。后来，升到二年级，我们分到不同的班，她还是常来找我，请我去揍欺负她的人，为她出气。当时那个女同学一心缠在我身边，我却并不喜欢她，甚至每当她出现在教室门前叫我，我都觉得十分腻烦，三言两语把她打发走。后来她就不来找我了。升上高年级，我们又在同一个班，她长开了，漂亮得很，这时候我才发现，原来她这么好看，可是她对我的态度再也不像以前那样了。我喜欢她，同时又非常懊悔。我的位置与她仅仅隔着一条过道，每次看见坐前面的男生回过头来跟她说话，我心里就难受得不知道自己在干吗。但我发过誓，不跟她交谈。有一次，放学后我悄悄尾随她，她没发现我。一直走到这条路上，她都在我的眼帘之内，就连背影也那么可爱，裸露在衣服外面的后颈、手臂和小腿，在中午的阳光下，白得耀目。她家就在这条路上，在其中的一栋楼房里，很多次我目送她从大门进入，背影消失在门后。就像无数次重播的电影。一个无关痛痒的镜头。这样的镜头因为我转学而提前终止。我再没见过这个女生，甚至记不起她家的位置、她家大门的形状。现在，对我来说，她家的楼房跟其他人的没有什么差别，我也辨别不出那扇大门，任何一扇大门后，都可能是她的家，就好像陆陆也可能从任何一扇大门走出来一样。我缓慢、重复、不停地走在这条路上，如同经历着某种宿命，我觉得挺有趣的，忍不住露出笑容，这笑容不含有任何开心或是苦涩的味道。到头来，要找的人已经分不清是现在的陆陆，还是过去那位女同学了，这两个人仿佛已经混为一体，变成了一个饱含着不确定性的存在。虽然她们是完全不同的两个人，对我而言，寻找的意义却是一样的。而她们一样地不被我所得。接下来的一个月里，我抽出时间反复地走上这条路，也见过很多出现在这条路上的人，他们好像也在寻找着某个人、某样东西。陆陆始终没有出现。不管是陆陆，还是过去的女同学，我都没有找着。离场的幽灵从一个地方到另一个地方，接着又回到原地。我依然在寻找。

5

进入十月份，我妈来电话，突然说要介绍一个女孩给我认识。漂亮、得体的女孩。她说，你是时候谈对象了，不妨见一面。她强调说这位是她好朋友兼好同事的女儿，一直都觉得挺不错的。不过，我从没听说过她有什么好朋友或者好同事。她向来都是一个人。我妈平时很少出门逛街，这也算是她没有什么好朋友或好同事的佐证，我们这里，妇女之间的约会就是携手逛街，可是她连一个可以交握的同性之手都没有。她几乎不买衣服，也不用化妆品，习惯是年轻时养成的，从最年轻的时候开始她就不怎么喜欢打扮自己，理由是家里穷。确实，那个年代人们都很穷。外公家尤其穷，孩子都养不大。我妈侥幸活到二十岁时，外婆跟她说，以后家里不会再给她一分钱。她在粮食所上过班，也当过公交售票员。有年轻的同事追她，请她吃饭、看电影。

她第一次在影院看电影，还记得名字叫《雅马哈鱼档》，她站在那张穿短裤的男人的水彩海报前面，等年轻同事给她买饮料，当他在身后叫她名字时，她感到了一种陌生的愉悦。对她来说是第一次。在我外公或者舅舅这些异性身上所不能获得的愉悦。可那次约会后，那位男同事就再也不找她出来玩了。她还挺惋惜的，因为她觉得自己挺喜欢这位男同事。后来，经过熟人介绍，她认识了我爸，当时我爸还是工地里负责砌砖的工人，贫穷，身材高大，眼神清澈。那时他们都快三十岁了，于是很快就领了结婚证，第一个孩子是女孩，但流产了，第二年生下我，这个时候，我爸妈的婚姻关系变得相当不和谐，不过为了我，他们还得继续维持下去。暂时的维持。暂时意味着七年、八年、九年，但对人生来说这不算太久。在我成长的过程里，他们经常吵架、动手，还有长时间的冷战。几乎家里每一件器具都记录下他们冲突的痕迹。他们都喜欢迁怒于身边的物品。除了我。我也算是意外创造出来的物品吗？作为一种结合的诞物，他们当然是不乐意的，他们只喜欢我身上近似自己的那部分。我时常感到分裂。他们应该生一对双胞胎，一个绝对像父亲，一个绝对像母亲，这样就能解决所有问题了。他们就能早些带着各自的那一部分远离彼此。可事实是我不能分裂。所以矛盾保留到了第十个年头。我爸碰上了那位被称为“狐狸精”的女人，他这才下定决心，割舍掉婚姻里属于他的那一部分，抛下我和我妈跑了。应该感谢那位女人。虽然从未谋面。虽然是两种悲剧,但总要选择一种，而且我认为目前来看，孤儿寡母的悲剧色彩要小得多，更具被征服的可能性并且业已被征服。与其在无休无止的冲突和毫无意义的妥协所维持的家庭关系中成长，我宁愿成为现在的自己。我妈肯定也不想让我重蹈她的覆辙。如果说，我回到家乡，在荔枝园工作，在她计划之内，那么谈朋友（或者说相亲）这件事情也是经过她充分考虑的。当然，我并不想按照她的吩咐去做。我觉得很意外,没想到我妈会用这种方式为自己儿子找对象，一点也不时髦，虽然她一直都算不上时髦，不过她应该也清楚，这吸引不了我，我没法跟一个陌生女孩坐在一起，怀着心照不宣的目的，切换着刻意而虚伪的话题。挺荒诞的。我本来就拙于与人交往。我不会听她话。她也知道。让我有些奇怪的是，她在电话里也没流露出迫切的愿望，好像对此事并不抱什么信心，只是一个例行的提议。当时我回复说，最近荔枝园的工作比较忙，等忙过这段时间再说。我说的是实话。十月份的荔枝园开始忙碌了起来。要赶在十一月之前把每棵树上抽出来的晚秋梢摘除。摘除并不难，难的是找准它们。不同主干交缠在一起的树冠增加了工作难度。工作时，我爬上树，用辅助的木棍把不同的树冠区别开，很久没爬树了，每次都累得头昏眼花，但我不想借助梯子，梯子总是不够用。我有些恐高，但工作治愈了我。我把杀梢素喷进新梢的根部，看着液珠渗人绿色的皮肤，我知道我在这棵树上留下了自己的印记，就像在别人身上咬一口留下伤疤一样，更像是情人之间的施虐行为。我没有情人，不清楚那种感觉。不过在这些树上施展拳脚却让我获得了满足。虽然目前还在学习，对于荔枝树们还没有全局的统率力，可我至少掌握了其中的一部分。一直以来，我都觉得自己都没有控制别人的能力，我连自己控制不了，但在这些树面前，这些鲜活又旺盛的生命，仿佛给我提供了一种新奇的幻象。在幻象中，我是皇帝，是随意挥霍权力的人，是手里拿着鞭子的人，是施虐的情人。听起来很变态。我们家乡有个关于“香蕉娘”的传说，说的是香蕉林里阴湿之气化成的一种妖怪，经常变化成荡妇模样，勾引路过的男人到香蕉林里交媾，完事后，男人被吸尽阳气而死，香蕉林则会越发茂盛。相同的故事安在荔枝身上也没问题。荔枝树是我白天的情人，我骑在它们身上；晚上，我在床上，梦里荔枝树化成美人，推开屋门，走到床边，在我身旁躺下，她的肌肤是荔枝肉般的多汁白嫩。相比之下，我倒是只梦见过陆陆一次。虽然我无时无刻不在想她。仿佛荔枝成了一位更现实、更能解决需求的情人。白天，我给荔枝树的枝干环剥，用刀子仔细地切开表皮，汁液流出来黏糊糊的，像血，干这些活儿的时候不知道是高兴还是担忧，我确实很有快感，尤其是看到汁液残留在手心。同时我又担心伤口会不会给它造成永久的痛苦，让它衰亡，或者永久地记恨我。最好是无意识式的安慰。虐待关系中的情人，一次刺痛像一块石头投入无意识的深渊，一切都将在无意识中消解，不会泛起任何波澜。

我妈在电话里第二次提起相亲的事。接下来是第三次、第四次。你至少跟她见见面，她说。尽管从温柔的口气中听不出任何威逼的意味，但我知道这就是另一种形式的威逼，她每次打电话都提一遍，每遍都显得漫不经心，她刻意消除对话中的紧张性，越这样做就代表着她越看重这个事情，我妈习惯从相反的角度处理类似的状况。没办法，我只能答应她，抽时间和那个女孩见面。她给我定在了月底的周末。我说好吧。虽然很不情愿，因为这意味着我少了一天的时间在那条路上徘徊，万一就在那时，在我跟那个陌生女孩隔着一张桌子尴尬对视的时候，陆陆突然在那条路上出现，我就可能永远地错过与她相遇的时机。越这么想，我就越觉得这种情况有可能发生。我只能强迫自己不往这方面想。约会那天，我故意穿得很普通，其实我的大部分衣服都很普通，裤子和鞋的搭配也很违和。约会的时间在电话里商量好是下午三点，但我迟到了十五分钟，才慢吞吞地走进那家咖啡厅，还差点在进门的台阶上摔了一跤。吧台上挂满了绿萝，架子上悬挂着钩状的金色装饰物。咖啡厅里没有放音乐，很安静，这是我一进去就感觉不太一样的地方。桌子是银白色的，一眼望去，这些整齐排列的阶梯像引向某个不真实的所在。那个女孩就坐在中间的位置，玩着手机，我一眼就认出今天的约会对象是她，虽然没见过照片，也没商量好碰面的暗号。我不假思索地走到女孩前面的座位旁，坐下来，她马上把手机收回了手提包。你好啊，她说。你好，我回应道。我尽量让自己说话时不会显得很傻。落座后，我感到一丝紧张，虽然对这件事情根本不抱任何希望，但我仍然希望自己能表现得好一点，这是怎样的心理？也许是因为她讲话的样子很好看。对我来说很好看。尤其是她自称“我”这个字时嘴巴微张的弧度。她告诉我她在信用社上班。嗯，我当然知道那家信用社，跟荷香居很近，荷香居就是以前我们一家三口常去吃早茶的酒楼。她问我在哪儿上班。我说在荔枝园当管理员。她似乎对这个回答很吃惊，问，管理员主要干什么呢？我说，什么也没干，就是在园子里四处看看。她接着又问了一些细节，比如荔枝的花什么样，会不会有虫子，又说喜欢吃荔枝，特别是挂绿皮的，三分绿七分红那种，特别润口。过了一会儿，她对荔枝的热情渐渐减退，好像本来也不关心这件事情，只是随便了解一下我的工作，或者只是找点话题而已，我到底是荔枝园管理员还是香蕉园管理员，都没有关系。

很快我对这种交流感到疲乏。我本来就很难和别人有共同话题。她也不再说话，拿起手机看起来。十分钟后，我觉得有些饿了，打算去前台要点蛋糕。我问那女孩要不要也来一份。她说，不了，谢谢。好吧，我刚打算站起来，这时，一个熟悉的身影突然出现在视野里。看到的瞬间我猛然睁大了眼睛，浑身汗毛直立。是陆陆！她好像刚才就坐在我右前方的位置。这时候，她已经快要走到咖啡厅的后门，准备离开了。这个背影，百分之百是她，没有错。对我来说，这就是全宇宙最熟悉的背影。可是刚才她就坐在这里，为什么我没有留意到？为什么我从前门进来时，第一眼看到的是面前这个玩手机的女孩，而不是陆陆的身影？他妈的。我一下子站起身来，相亲的女孩被我吓了一跳，怎么了？我说，没什么，抱歉，我得先走了。她奇怪地问，为什么？我没理她，快步朝后门走去，这时陆陆已经消失在门后。我推开后门，外面强烈的光线一下子让我睁不开眼。我四下里张望，一时间没看到她的身影。咖啡厅门前有一座天桥，我迅速爬上去，反复在天桥两边眺望，总算发现了陆陆。身穿栗色大衣的她，站在一群人中间，等待着过人行横道。我马上走到天桥的另一端，下去，朝人群的方向走过去。可当我走入人流，却又找不着她了，她明明还在人群里，也不可能跑到哪儿去。我在天桥上面看得很清楚，她站在一位穿着绿色休闲裤的大妈旁边，那位大妈推着自行车，篮子里面坐着小孩。我认得很准，可走到那位大妈和孩子旁边时，陆陆却不见了。我怀疑自己出现了幻觉。从咖啡厅开始就出现的幻觉。我回想着刚才是哪个环节出了差错。人行道的绿灯亮起后，我跟着人群向前走，像被幽灵牵引，过了人行道后，我继续向前走，走过一条街道，接着左转，进入一条巷子里。经过巷子里的一个历史遗址，一口用钢条围起来的枯井，据说是苏东坡贬谪途中饮用过的，井边的青苔长得像利剑道道竖起。我甚至还怀着某种期待往井内瞄了一眼。我在巷子里转了一圈，又走了出来，就像什么也没见到，那个幻影一下子不见了，准确地说，它不再对我头脑里的方向感发生作用。这时我意识到我再一次失去了陆陆，她明明出现在我的面前，可就是在我面前走丢了。我又生气又难过。大脑中的疲惫和眩晕之浪一波又一波地袭来。走到一家银行前，看到门前的一对石狮子时，我只想钻进它们的嘴里，被锋利的牙齿撕成碎片。在街上，我漫无目的地走了一个小时，走得相当慢，近乎虫子蠕动的速度，可每段路都走得筋疲力尽，我感觉自己仿佛在路上走了一年，之前那些行走的记忆重叠在一起，让我以为自己真的走了那么久，实际上我连一个社区都没有走出去。后来，我实在走不动了，打算找一个地方歇息。我走进一家溜冰场，看起来是一个很偶然的选择，在门口买了一瓶可乐带进去。守门人收票时，瞧着我微微点头，似乎认识我，不过更可能是一个习惯性动作，因为我已经十多年没来过这家溜冰场了。进门后走在通往座位的过道上，我突然十分期待将要看到的场景，这个地方是变得比以前更好，还是更差，那块泛白的贝壳状的地面一下子浮现在我面前,如同从地底推举上来。我才发现，这里几乎没什么变化。只是蓝色的塑料座位经过长久的时间有些泛青发白。只是人比以前少了点。虽然说这家场地顾客最多时也不过坐满一半，可这些逐渐流逝的座位，大概传递着城镇里的某种死亡率。越来越多喜爱溜冰的人死去，便产生了越来越多的空缺。据说在八十年代末，我们这个地方，从六岁到六十岁,人人都会溜冰。这项来自北方的运动像河里的水葫芦般扩张。热情在这个斥资千万的场地落成后达到顶峰。那时候我才几岁，我们一家三口曾来这里溜过几次冰。我主要是旁观者。当我看起来是自顾自玩弄溜冰鞋时，其实眼睛瞄向了另一边溜冰的父母。我爸在教我妈溜冰。他什么都玩得很好。我妈就不一样了，学什么都不够快。教她做一件事情，这个过程应该很痛苦，但我爸很有耐心，他一只手始终放在我妈的臀部上方，使她保持平衡。我全都看在眼里，并且觉得新奇有趣，索性目不转睛地盯着，并希望他们能产生更多的肢体接触。每次我爸伸出另一只手，触碰到我妈的肩膀、腰间和手臂时，我都紧张得屏住了呼吸。

而现在，我在角落里坐下，啜饮着饮料，看到场地中央寥寥无几的溜冰者，觉得他们就像从动画片里走出来的一样。只是儿戏。动画片已经无法吸引我，他们也无法吸引我。很难说清溜冰的热情是哪一年开始消退的。也许是电子游戏流行之后，也许是网络兴起之后。也有可能是那次发生在溜冰场的命案之后。一群年轻人的斗殴，死几个人，在监狱里蹲几个人。后来年轻人的注意力便转向了更有趣的新鲜事物。不过，溜冰场里的音乐依然沿循了年代的变化，我记得小时候听到的歌曲是张宇的《月亮惹的祸》，现在变成了《小苹果》，这算是一种上升还是堕落？我在座位上，听着《小苹果》的节奏，心里想的却是另外一种旋律，勃拉姆斯的旋律。第四交响曲第四乐章的开端。伯姆的指挥，长号一齐渲染出主题，紧接着是优雅的木管。四分之三拍，固定低音。来自巴赫康塔塔的悲鸣，但以一种更加均匀而流畅的速度进行。和弦遇上恶魔，和弦引领着中止，实在是太迷人了。我自己都觉得惊讶。我没什么音乐天赋。而在一种音乐背景下，凭空回想出另一种类型的音乐，这不是容易办到的。何况，我觉得自己也不能真正听懂勃拉姆斯的音乐。我有些伤感，同时又有些发困，于是就在悲剧的音乐想象中睡着了。不知过了多久，我从迷糊中睁开眼，场地里黄色的灯光已经打开，应该已经入夜了，我一个激灵，没想到自己在座位上沉睡了这么久。

长时间僵住的四肢又麻又痛。音乐早就无影无踪，无论是场地里的还是内心里的。周围有种诡异的寂静。场地里只有一个人在溜冰，是一个穿着白衬衫的男人，看不清多大年纪。我估计他是今天最后一个溜冰者了，还不知道要溜多久。我准备离开了，胃部感到一丝停滞不动的不适感。刚从座位上起来，这时，我再一次看见了那个熟悉的身影。啊，这次我忍不住叫出声来，她正坐在不远的前面一排。真的是她吗？我怀疑我又产生了幻觉。我盯着侧影看了差不多一分钟，直到确认走到她身边时她不会再度消失，才抬起脚步朝她走去。快走到跟前时，陆陆察觉到了我，她眼神里露出一丝惊异，但看得出来她是认得我的。我跟她打招呼，她同样回应了一句，这是我第一次听到她的声音。她的声音跟我想象中的一模一样。有点像林忆莲和谢安琪的混合体。我只能这样形容，而这两种正是我最迷恋的女性声线。还记得我吗，我对陆陆说，上次在林老板家见过的。林老板？她问。林勃，我说。她点了点头，我记得你，你是那个管理员。对，我就是。我一阵激动，她果然记得我，提起“管理员”这个词语，她眉眼间的神色似乎有些异样。但我没太在意，接着说，你怎么也在这里？她迟疑了一下，然后回答，我经常来这里，就静静待着，什么也不做。我说，什么也不做？她说，什么也不做。我说，会想着怎么编一首曲子吗？陆陆的嘴角微微往上一翘，我不懂创作曲子的。我说，你一定会吧，钢琴弹得这么厉害，肯定也能随手写曲子。她摇摇头，不，这是两回事。这时我发现，交谈时，她表现得没有想象中那么难以触碰。之前在我的印象里，她一直是一座巍峨的冰山，真实的接触发生后，反而带来一种不真实的感觉，我竟不敢相信眼前和我说话的就是陆陆本人，因为跟上次在林勃家中那个冰冷而高傲的她相比，实在是反差太大了。为什么会这样？在林勃家里的她，在溜冰场的她，仿佛截然不同的两个人。甚至，为她所做的一切准备都派不上用场了。我本来想跟陆陆聊一些音乐的，但聊着聊着，就忘记应该说些什么。康塔塔？奏鸣曲式？离调中的变格？滚他妈的。这时，她突然开口说，确实，我会想些演奏的事情。我接口说，在这个地方想吗？她说，是啊。这儿人少，容易集中精神。我说，可是这里的背景音乐太吵了。她说：下午六点后音乐就关了，我一般那个时候来。我说，吃过晚饭后过来吗？她说：没有，饿着肚子更容易思考。我觉得她开始对我们的谈话感到疲倦了。你一般会思考哪些弹奏上的事情呢？我问她，虽然我不会弹钢琴，不过还挺好奇的。她看了我一眼，说：就是一些技巧上的问题吧。我说，技巧？我听过你的演奏，没听出有什么问题。她说，当然有问题。不管是谁，哪怕多娴熟的技巧，还是能挑出问题来的。我说，我上次听你弹《月光》，觉得比埃利·奈伊要弹得好。说出埃利·奈伊的名字时，我心里没来由地一阵怦怦乱跳。我留意到她听完我的话之后，脸色起了一丝奇妙的变化，不知是不是我的恭维引起了她的不快，她侧过脸去，毫无感情地说了声谢谢。大概是没有心情再聊下去。好像从更早的时候开始，她就不大想跟我聊下去，不过我没法指明具体的时刻，因为她的教养足以使整个谈话过程流畅清晰地延续下去。这里要关门了，她说，不如离开吧。我说，好的。我们一齐从座位上起身，站起来的那一刻，我忽然感到胃一点也不痛了，倒是有另一种说不出来的感觉，像浮在水面上。场地里已经空荡荡的，不见一人。我让陆陆走在前面，出场馆时，她的一半身子被门影遮住，另一半则融入夜色，我差点以为她又要消失了，不由自主向前踏上一步，结果踩到了她的脚后跟。对不起，对不起，我连忙道歉。她小声地说，没事。她向前缩了缩肩膀，身影看起来比之前更加瘦削。我们沿着人行道走着，走到蛋糕店前，她停下脚步，跟我说要买点蛋糕回去，于是我站在外头等她。她钻进了玻璃门，哎，轻盈的狸猫。在玻璃门的另一边，暖色的灯光笼罩着整间屋子，食物的包装纸都显得金灿灿的。隔着玻璃门，我能清楚地看见她挑选商品的模样。陆陆天生有着一种专注劲儿，无论什么事情，她专注去做的时候，我总觉得非常迷人。黄光衬托着她的衣着，还有白皙的皮肤，给人以舒服、微痒的暖意。这家蛋糕店的空间就是为她而设的，奇妙的布景，我在观察——准确地说应该是观赏，这个观赏过程让我回想起小时候观看商店橱窗里的玩具的情形，很类似的情形，只能盯着看，却没法实际占有。那时我没钱买下玩具，现在我也没法接近这个女人，只能远远地站在一层玻璃之外。把陆陆物化的想法并不低俗，反而是崇高的，这是很明白的提醒，我清楚地知道我们是不一样的，界线在那里，而我只能用观看来抵达她的全部。站在初秋入夜的街头，过了五分钟，我却一点也不觉得冷。陆陆要买好蛋糕出来了。她背向我站在收银员面前。突然觉得非常后悔，我后悔自己每次在她面前都没法好好表现，靠近不了她，全都是自己的问题。她面对我时已经展现得足够宽容，而我每次都做不好，明明做了万全的准备，在头脑中模拟、演练过一千次一万次，可一到她面前，一切化为乌有。有什么办法能救救我吗？没有。从小到大都是这样。我没法在众人面前演讲。就算把演讲词背得滚瓜烂熟，一上台，下面的同学们就笑成一片。后来，他们不笑了，低着头，但我仍然能从不自然的沉默中，看到蔑视、冷笑和讥讽。我太敏感、太自卑，可是我又极度渴望表现自己。偶尔也能达到目的，可那是我发自内心地信任自己吗？不，我只是信任那些称赞罢了。我只是没有办法在陆陆面前获得称赞，哪怕一次也好，我愿意立刻变成她脚边的一条狗。或者她更喜欢猫。相比我，她在这些小动物面前会更不吝惜赞美。她看穿了我。对！她看穿了我虚伪的需求，因此她才故意表现得不怎么关注。也许出自好意，也许出自厌恶。她一直都很有教养，就像她经历过的专业、精准而严肃的钢琴训练，按照谱子上的音符依次把手指嵌入琴键，她对我的回应也是如此丝丝入扣，一点也没有失礼。她可真是一台精密玲珑的机器。

陆陆从店里出来，同我会过眼神，我们继续沿着街边往前走去。也许她的意思大概是在蛋糕店门前就可以分别了，当然她没有明说，我也跟着她，在人行道上小心地走着。一路上都没什么谈话，也很难说有互动，我们之间几乎隔着两个人的距离。我边走边想，这样没头没脑地跟在她身后，她应该挺烦的吧，毕竟我们只是说了几句话，谈不上多熟悉，我倒是挺想看看她容忍的限度在哪里。不过，羞耻的一面占了上风。跟在她的脚步后面，踩在她栗色大衣下摆的影子上，我越来越羞愧。在十字路口前，陆陆终于停下来，跟我说，我走右边的方向，你呢？我……直走吧，我说。其实我都不知道自己该往哪儿走。我不可能再回荔枝园，太晚了，去乡下的村巴早就没了。我也不想回家，虽然离得不远。那咱们就在这里分别吧，她说。你下次还去林勃家吗？我突然问。她一下子没反应过来，什么？我说，上次林勃家的饭局，你好像没去。她沉默了一下，像是想起了什么事情，说，对，我没去。为什么没去？我问。我知道我的态度过于强烈了。她还是回答了，那会儿我生病了。我说，啊，原来这样，现在好了吗？她说，不碍事，发烧而已，已经好了。她顿了一下，斟酌着话语，接着说，那种饭局，你觉得有去的必要吗？我立刻接过话说，当然没必要了，根本没有必要，我一点也不想去，那种场面，太傻……本想说太傻 ×，但我马上想到不应该在她面前说脏话，最后一个字就没说出口，像声带突然被掐住一样。她看了一眼我的窘态，说，可我不得不去那种地方。我小声地说，我知道。陆陆不作声，我看出来她正准备转身离开，便连忙说了一句，可我喜欢听你弹琴。她偏过头，眼睛一眨不眨地直视着我，显得一点也不惊讶。她的神情更倾向于在告诉我，你还有别的要说吗？和她目光交会的那一刻，我血往头上冲，毫不犹豫说了出来，我一直在找你。知道吗，找了差不多两个月了。我就想见你一面，听你弹一会儿琴，聊几句话，就像今天这样，我就挺满足的了。一口气说完这些，我马上觉得非常害羞，但还是强迫自己对上她的眼睛，我想看看她作何反应。谁知道她一下侧过脸去，十分冷淡，又好像有一点失望，她的双肩又习惯性地向前紧缩，显出肩部线条的不稳定之美。下次再见吧。她冷冷地丢下一句话，然后转身从我身旁走开。我目送着陆陆的身影从街角隐退，在原地伫立片刻，仔细琢磨着她最后一句道别的意思。冷淡的口气并不能掩盖这句话的全部，对我来说，这句话中重逢的可能远胜于冷淡的告别。和上次在林勃家的告别相比，这次可是巨大的进步。可她身上还有许多我不能理解的地方，我知道，假如她不说，我绝对不可能自己找到答案。怀着迷茫矛盾的心情，我在街上又走了一个小时，直到那些饭店铺子玻璃橱柜里的荧光灯管渐渐熄灭。

6

当晚我没有回家，而是找了一家旅店住下。本来应该回家的，我妈一早就吩咐好，让我跟那个女孩见完面就回家，但我没有按照她的意思办。跟陆陆见面时，她就不断地打电话过来，我一个也没接，后来，我才回复了一条短信，告诉她，晚上和朋友玩，不回家了。我妈也仅仅是会读短信而已，还不怎么会发。我怕她问起今天跟那个女孩约会的情况。幸好她没再给我打电话或者是发消息。不过，我知道她一定会追根究底的，不在今天也是明天，我总得好好想个理由向她解释为何突然离席。吃了两条烤黄瓜后，我澡也没洗，躺在床上就呼呼大睡。夜里两点的时候，我被噩梦惊醒，等我从床上下来，站起身，看到衣柜前的落地镜里自己的影子，头顶上好像长出了两只角，吓了一跳。定睛一看，又什么都没有了。我回忆着刚才的梦境，只留下一点完全暗幕前的深灰底色。我记得自己在恳求着陆陆某件事，也是在床边，白色的床单跟白色的墙面混为一体，我跟她说话的时候，语调非常哀愁、绝望，我记不起到底发生了什么。她背对着我，丝毫不为所动。过了一会儿，突然有人推门进来，我们同时吓了一跳，转过头去一看，门边空荡荡的，什么也没有。这时我就醒过来了。回想这些的时候，我突然产生了深深的威胁感，来自梦中那扇被推开的门。梦境中没有答案，但我总隐约认为自己认识那个推门的人，是某个我熟悉的人，我和陆陆都熟悉的人。想到这里，我坐立难安，尽管那只是一个梦。梦的前半部分也会使我焦虑，我和陆陆发生在床上的交流，这个情形让我不太舒服，我们之间不至于此，我也不希望，更不用说梦境里我们交流无比艰难的那一部分。我一点困意也没有了。我到卫生间里洗浴，淋浴头没法出热水，我冻得连打了三个喷嚏。坐在马桶上，我听见马桶洞口传出来叽叽呱呱的人语，一种并非本地的、我完全听不懂的方言，俯身细听，那声音忽然又变小。这时我听到了另外一种响动，隔壁传来的性爱的呻吟。房间的墙壁不能完全隔音。听着隔壁的声音，我居然渐渐勃起，擦干身子坐回床上，过了好一会儿，它还是坚硬地挺着。我有点懊恼地躺在床上，把手机掏出来，上面闪出我妈打来的八通未接电话。号码清晰地显示在屏幕上。这串数字我早已烂熟于心。我又默念了一遍。每次念出来都是不一样的感觉。这时，我突然发现，短信收件箱里有两条未查看的短信，不是我妈发的，是另一串陌生而熟悉的号码，我仔细看了两遍，总觉得自己应该认识这个熟悉的组合，以及它所连接的对象。当我打开短信读了两行后，顿时屏住了呼吸。啊，这竟然是她给我发的！啊，竟然是陆陆！我无论如何也想不到是她。我激动得手发起抖来，继续读下去：

你好！

我是陆陆。你知不知道我的名字？就是在溜冰场碰面的那个。先别管我是怎么知道你号码的，还记得我走前跟你说的那句话吗？我说下次再见吧，这句话……

一条短信结束，接着下一条：

……可不是随口一说的，我们还有机会再见的，今晚很多事情来不及跟你说明白，不过，那些真相很重要，我会说清楚的，以免你再次中了圈套。

读罢我拿着手机，仔细地想了一会儿。这两条短信肯定无法涵盖陆陆想告诉我的全部内容，如果没有字数限制，她应该会洋洋洒洒写上很多字，但没办法，她只能当面说。她想跟我说什么？是要对我的表白做出拒绝吗？好像不仅仅是如此，一个简单的表白不会引起复杂的说辞。换句话说，她在短信里这么郑重其事地表示要找我谈话，让我意识到自己的表白也许没有想象中那么纯粹。喜欢她，怎么了？难道我喜欢她不是出于真诚吗？她说的“圈套”又是什么意思？这些问题我想不明白。而且，在她的话语中，也有一种吸引人的策略。相比这些，我更在意的是，她是如何知道我的电话号码的。我想到了林勃，他最有可能把我的号码告诉陆陆，只要陆陆向他询问——可我总觉得她是不会问林勃这件事的。暂时也想不出其他的可能性了。我又把陆陆的信息读了几遍，斟酌着应该回复些什么。一个大胆的想法跳出来：不如等天亮后直接给她打电话好了！很快，我又否定了这个想法，我还没有那个资格跟她在电话里交流。除了我妈,我几乎没跟任何女性在电话里交流过。在电话里，我一定比现实中还笨拙。用文字交流反而是一种尊重。我在屏幕上打了一行字，想了想，又删掉，重新打一行。如此反复了五六次。最后我确定要告诉她我今天就有空，不如约一个时间见面。吃饭或者看电影都好。编辑好后我小心翼翼地发送出去。这时候陆陆应该还在休息，不能立刻回复。不过我还是盯着手机等了好一会儿。还有几个小时天才亮，从窗口可以看到街边，漆黑的一片，附近的路灯一过两点就熄了。伪装的行乞者早就收拾行装回到小区的租房里。真正的乞丐则躲在分岔路缓冲带的树下，夜里偶尔想起来点烟，光点在黑暗里一闪一闪的。凝神一听，半空里传来一种悠远的类似水壶烧开的气鸣，那是飞机在夜里飞行的声音。我们这儿的天空从早到晚都有飞机，虽然机场不在本地，但也不远，令我可以捕捉到飞机从半空下降的观赏时机。小的时候，我还以为那种声音是来自宇宙的讯息，那些饥饿的夜晚，我都趴在窗台上，想象着奥特曼在某个幽暗的深处战斗。那大概是他发出的求援信号。奥特曼并不是无敌的。我那时候就这么认为。电视里也是这么播的，只不过大多数同龄人没有看到他的弱点，他唯一的弱点就是太过孤独。没几个人能帮得上忙。他一定也很乐意别人帮忙的，因此才孜孜不倦地发出求援信号。大概只有我听到了，可我没办法帮他，我连自己都顾不上。我在窗边站了一会儿，直到耳边传来的气鸣声越来越小，最后消失，然后我回到床上，开始觉得有点困意了。我打开房间里的电视，调到电影频道，正在放胡金铨的《侠女》，很老的片子，还没到竹林打斗的镜头我就睡着了。

再次醒来时，电话正在响着。是前台打过来的，催我退房。一看时间，上午十一点半。一觉睡了这么久。电视还开着，已经是另一部电影了，中间不知更替了多少部。我拿过手机一看，陆陆果然已经回了消息，只有短短两句：那在我家碰面吧，下午三点，地址是甘泉路十六号。想不到她会把地点选在她家。我忍不住又把消息看了一遍。没错，甘泉路十六号。我拿出随身携带的城区地图，不由得哑然失笑，甘泉路十六号跟我在地图上画出来的区域相比，一个在西北角，一个在东南角，差了十万八千里。我不太熟悉这个地方。从地图上看来，它确实也处于城郊的位置，往西去就是一片村庄，挺荒凉的，没什么好玩的地方。“没什么好玩的地方”，这反而点醒了我，在城区游逛的时候，我未必是在寻找她，更多的是自我追寻。几乎所有好玩的地方我都去过了，唯独那些没有记忆的地方不在我的考虑范围之内。我快速地回复她，好的，下午见。收拾完毕我走出旅店，在附近一家粥店喝了一点乳鸽粥，喝完粥我在路边拦住一辆出租车，直接开到甘泉路附近。大概有二十分钟车程。司机偏离线路两回。他一边开车一边嘟囔着路面不好走，确实，途中我们都绕去了一片沼泽地。下车后，我在路口的一家零售店前坐下等待，还有两个小时。午后的太阳热辣辣的，全身汗毛仿佛被烤得卷曲起来。今天的天气很好，一点也不像是秋天。不是我喜欢的秋天的类型。秋天应该是侯麦电影里洋溢着葡萄酒香味的，但我们这里不种葡萄。在郊外，你只能闻到鸡屎、牛粪、腐烂的垃圾的臭味和一种刺鼻的野花香味混杂在一起的气味。这一带原来是塑胶厂，后来衰落了。只有少数上了年纪的人还留在这里居住。零售店的老板偶尔朝我瞄过来一眼，他坐在店里，似乎无事可做，也没有找我聊天的想法。店前排列着几张长凳子，是为店里的老熟人准备的。不过暂时只有我一个陌生的来客占据着。老板又多看了几眼。几乎没什么新鲜的客人，如果我从凳子上离开，下一位客人来这里坐下又不知道是什么时候。我在凳子上度过了漫长的两个小时。到了约定的时间，我起身离开，从路口拐入。这条路上每户都标有门牌号，找到陆陆的住处并不难，很快我就找到了她住的那栋楼，是一栋旧式的三层小楼。和我的想象有些出入。我在楼下给她打电话，响了好一会儿才接，陆陆说，我看到你了。她正站在三楼的阳台上。她的身影让我想到一只傲岸的公鸡。我们相互看到了对方，接着她便转身回到屋里面，过一会儿，她打开一楼的门，出现在门板背后的阴影里面。我走进门，一眼就看到了大厅正墙上挂着的毛主席画像，底下是一张漆木桌子，上面摆着两盏老式的油灯，还有几个烟盒子，陆陆解释说，这些都是房东的东西，特意存放在这里，她也就没收拾走。虽然她没提起房东别的信息，但我能想象出他是怎样的一个糟老头子。她住二楼和三楼。我们沿着楼梯上去，还没到二楼，我就闻到了一股清香，跟第一次见面时，从她身上闻到的一样。闻到香味的瞬间，我忍不住心跳加速。这种香味跟我之前闻到的任何味道都不一样。是属于陆陆的独特的标记。我看着陆陆的背影，突然想到，也许更吸引我的是她身上一些旁枝末节的美，比如香水味、声音、背影。她的长相对我来说反而一直是模糊的。二楼客厅的光线很好，嫩绿色的皮质沙发，中间一张纯白色茶几，茶几上有紫色插花，底下铺着灰色长毛地毯。靠着正墙的木架上立着一台陈旧的电视机，大概也是房东的东西，摆在这里并不显得违和，更添了一丝复古的气息。旁边是一盆肉桂，长得墨绿如铁，枝干上还吊着几个拇指大的木头娃娃，一定是陆陆布置的。我往四周多看了几眼，她问我，怎么？我说，这儿没有钢琴吗？她回答，钢琴在三楼。我“哦”了一声，心里更希望到三楼去瞧瞧她的钢琴。如果她要向我吐露一些事情的话，我也觉得那个地方更合适。她仿佛看透了我的心思，说，要不上三楼看看吧。没等我答应，她就转身上楼。我跟着她上去，仿佛被一种迷人的力量牵引。她的脚步落在木质楼梯上发出的声响，让我联想起松鼠翻越树枝。一个钢琴弹得极好的森林精灵。

来到三楼，令我吃惊的是，除了一台醒目的钢琴，这里几乎没别的东西了。两张不起眼的小凳子隐藏在钢琴下面。屋子有四十平方米左右，地砖和墙壁都很干净。再没别的东西。这就是陆陆经常练琴的地方。既然是练琴的地方，还需要别的东西干什么呢？尽管能猜想到其中缘由，但目之所见的极简还是直击我的心脏。和陆陆的琴声一致的穿透力。钢琴上面是一些谱子，有莫扎特、拉赫玛尼诺夫和肖邦的。她走过去，把谱子拿起来，然后打开键盘盖，露出这头大鲨鱼黑白相间的锋利牙齿。她把谱子放在谱架上，坐下来，看着我。从眼神里我看到了与她不符的犹豫和不安，跟上次我向她表白时，流露出的神态一致。如果说上次我还不觉得什么，只天真地认为那是一种疏离化的尴尬情感，那这次我发现，没有那么简单。她迅速把目光收回，努力想要平静下来，但跟我谈起话来声音里仍有一种不自然的颤抖。你先听我弹一首曲子吧，她说，听完后告诉我你的想法。她怎么会显得这么慌张呢？我心想，每次弹琴前她都是这样吗？在弹奏的过程里她倒是非常自信和镇定。也许是某种习惯，就像有些人考试前总是惊慌失措，觉得自己这也不会那也不会，但成绩出来每次都是第一。于是我回答说，最好不过了，期待着呢。我不知道该说些什么，除了夸她弹得好以外。她转过脸来看了我一眼，把谱子翻到开始的位置，冲我点了点头。拉赫玛尼诺夫的《前奏曲》，作品编号二十三。我看到谱子上是这么写的。她好像要从第一首弹起，虽然她说是为我弹首曲子，但这个系列可不止一首。写出这些乐章之时的拉赫氏，正处于人生得意、信心满满的阶段，他用十首曲子的篇幅记录下自己因喜悦和幸福而闪耀跃动的灵感。献给表兄吉洛特和老师席洛蒂。献给陌生的荔枝园管理员。陆陆未必会弹完全部十首曲子。能听到两首或者三首我就心满意足了。她按下第一个音的时候，我心里不由得一颤。她按照广板的速度演奏下去。我留意到她的一双手，它们近在咫尺，随着节奏的起伏，时而轻盈地浮升在半空，在空中停留了肉眼可辨的一瞬，形状优美，接着又不急不缓地滑翔到琴键上方，轻点下去。她有一双完美的手。我目不转睛地盯在她的手上面。之前可从没机会这样细致地去观察。她的手指不是特别长，极瘦、有力，指甲修得恰到好处，手背到手腕弯曲的弧度非常美妙，最外面包裹着一层白嫩的皮肤，白得透明，里面柔美的骨骼整齐地排列，伴随着敲击，彼此之间温柔地推挤着。我眼睛一刻也无法从她的双手上离开。我都忘了她弹奏的旋律。把声音摒除。留下的是宁静的状物画。陆陆很快弹完了第一首，紧接着弹起第二首。她一口气弹到第五首时，我才突然警醒过来，她要我点评她的琴声来着。优美的双手仍然在琴键上跳跃。一个又一个干脆利落的三连音。技法高超。如果这几首前奏曲里，有哪首我有资格做出一点评论的话，那肯定是这一首。这首太有名了。我先前听过好几个版本的，阿什肯纳齐的和瓦伦蒂娜的，他们固然是钢琴大家，但和陆陆的演奏相比，也没有多大区别。总之我听不出来。要知道这首曲子的演奏难度有多么高。在尾部，她几乎用尽全身力气去砸向琴键，琴键发出一阵狂风暴雨的声音，那一刻我仿佛感到自己的视野都在震动，她每砸一下，我就产生一种眩晕的感觉，琴声沉寂下去的时候，我都快晕过去了。最后一个音按下去后，陆陆低下头去，像在思考着什么，接着转向我，她的眼神跟之前又有些不同，这次更多的是忧愁和沮丧，我仿佛看到了她眼眶里的泪水，这让我吃惊不小。我还没从眩晕中恢复过来。她问我，觉得她的弹奏怎么样。她的声音越发让人觉得她没什么底气。我不知道是怎么回事，这不像她，反倒像是一个战战兢兢的学徒，等待着老师对其演奏的批复。可我不是什么钢琴老师。她才是真正的钢琴老师。反倒是她眼巴巴地瞧着我，希望我能提点什么有价值的意见。我能给她什么意见呢？我上身不由自主地往后一缩，不敢直视她的目光。很好啊，太精彩了。这话听起来连我自己都觉得违心。我明明想真诚地夸奖她一番的，她的琴声确实震撼了我。可就是说不出来。真诚就是木讷。

陆陆叹了口气，把谱子合上，盖上琴盖。我看着她。一双白兔般的手和镰刀般的侧影。你知道林勃会说什么吗？她说。说什么？我问。不，他什么也不会说，他根本没法听下去。我说，他当然听不下去，因为他根本没法欣赏。陆陆摇摇头，说，你错了，他恰恰是最会欣赏的那个人。他第一次听我弹琴的时候，就跟我说，陆陆，你是一个天生的钢琴老师，你很会弹琴，所有技巧你都掌握了，天生的模范。我说，这不就是了，他也觉得你弹得很好。陆陆接着说，但是，弹琴并不代表演奏，他是这个意思，我并不适合演奏。他说，演奏是另一个层次的东西，单单有技巧不行，反而因为技巧太完美，把空间都堵死了，过于追逐技巧的完整，则发挥不出心灵的空间。缺失才是美的意义所在，不协调达成美。你每次精准地叩下琴键，都完成了一次精准的自杀。他用了这样一个比喻。我觉得没错，我从六岁开始学琴，弹了二十多年，确实像在慢性自杀，逐渐地消耗着我自己。说到这里，她停顿了一下，目光在我身后的墙上停留了一会儿。墙上什么也没有。像一块雪白的磁石。有那么一瞬间我感觉四周的空间正在冲洗和消解我们的对话。陆陆继续说下去，一直以来，只有他才真正理解我，从小到大，人家只会说我的好话，夸我，说我弹得好，我不知道他们的关注点是否在钢琴上面，或者是，早就脱离钢琴到了别的东西上面。就连老师也讨好我，我的大学老师，他什么也没教给我。他追求我，给我写信。每次我见到他的信都直接撕掉，于是招致了各种报复。这些我都不想说了，我想告诉你的是，林勃这个人远没有你想象的那么简单，你以为他仅仅是荔枝园老板吗？不是的。我们第一次见面时，我给他弹了莫扎特，听到一半他就站起来表示不想再听下去。太学院派，太机械了，他说，你真的获过“青钢赛”的首奖吗？我很怀疑。莫扎特没有你想象的那么浅薄，你已经把他弹成了娱乐小品。他确实很有娱乐性，很直接，但他不仅仅只有这些，这只是他的一部分，他的乐理是很简单，不过很难弹奏。你已经弹得很好了，但不知道你考虑过一个问题没有，就是莫扎特这种简单背后，到底隐藏了什么，或者说，他这种简单意味着什么，不是只有几个音符而已，也不是无尽的留白，而是一种秩序感，一种宫廷化的意识，贵族意识。这些是他的时代印记、集体印记，更是他个人的印记。单单描述乐句是不够的，他说这话时加强了语气，应该吸榨它，带着饥饿，带着思想。你太平了，还没有进入那里面。他就是这么跟我说的，虽然讲得很简单粗暴，但我懂他的意思，他是真正明白我的不足的，还从来没有人对我说过这些。我知道他是对的，但我不服气，又给他弹了一首舒曼，他说我弹的舒曼比莫扎特稍微好一点点。舒曼是那种天寒地冻时幻想着火炉的人，尽管他在现实里冷得瑟瑟发抖。在乐句里，舒曼快疯了，还没有彻底疯，他拼命想抓住那一瞬间，明晦交替的一瞬间，那一瞬间产生的朦胧感，就是舒曼的朦胧。他认为我应该在演奏中呈现出这点。他是对的。不管我给他弹谁的音乐，他都能一一指出我的缺点。他所说的一切我都能接受。

我发觉，也许我自己也明白自己的不足在何处，但身边就是缺少像他这样点破的人。林勃相当于我的喉舌。敏锐，勇敢，毫不妥协。我摆脱不了他。同样地，我也摆脱不了自己，摆脱不了多年来养成的弹琴习惯和模板。一下子改过来太困难了。这些谱子和符号已经烙印在我的观念里，导致性格和为人也变得刻板。这个音程有多长，这段乐句应该用什么技巧，乐谱和老师都规定得很清楚，也容不得一点马虎，一点也不能有错。久而久之，我就成了一台学院派的弹琴机器，从不允许思考变成了没法思考。他没说错，弹琴和演奏不是一回事。我仅仅是学会了弹琴，机械地按照乐谱完整弹出一首曲子，这都算不上什么，太挫败了。在这样的情况下，林勃是我唯一的救命稻草，像陷入癫狂前的舒曼那样拼命抓住理性的一线光芒，他对我来说就是救星，是能启发我、能帮我渡过难关的人。在他身边我能学到很多，真的。现在我弹琴比以前进步很多，尽管还远远谈不上演奏。我从北方跟着他来到南方，给他侄儿当老师，其实也是为了我自己。当然，这是一开始的想法。他能拯救我的琴声。

陆陆说到这里停了下来。长时间的停顿，大概是回润着干燥的喉咙。其实我刚才就想打断她的话，就是说自己是弹琴机器的时候。这话她反复提了几次，我感到又惊讶又焦躁，怎么会给自己套上这么一顶帽子，我差点喊出声来，我可不觉得她的弹奏很机械。我的看法恰恰相反，她的弹奏有一种精准。这种精准能让一切事情变得简单，包括美。可我没法打断她。我不想打断她。我让她讲述下去。她的讲述有种类似于她的琴声的连贯性。现在她停下来，我正好有机会说明我的想法。我不觉得你的演奏刻板，我说。她看着我。我也没怎么听过你的演奏，我说，包括今天这次，一共也就两次。上次在林勃家，我听过你弹的《月光》，弹得非常美，跟埃利·奈伊的版本比较，你远比她活泼，比她灵光，她才是真正的机械和刻板。我不知道别人是怎么想的。也许恰恰是她这种严肃和刻板被人们记住了。大家认可这种美。如果她这种演奏能让外界公认为大师级别的演奏，那你的又何尝不可呢？陆陆苦笑着，摇摇头。我留意到提及埃利·奈伊时，她的脸色有着细微短促的变化，跟昨晚她听我告白时的情绪变化一致，她一定在犹豫什么，半露未露的真相。她在短信里所说的。圈套和真相。你从哪里听来的埃利·奈伊？她开始发问。我愣了一下，什么？她重复了一遍，埃利·奈伊。你在哪儿听到的？我想了想，说，在家里。她问，家里？我说，在我住的屋子里，听的唱片。她说，就是荔枝园的屋子里？那个暗无天日的小屋子里面？我心想你怎么知道得这么清楚。是啊，我说。唱片呢，她问，是哪里来的？是你自己的吗？我说，不是我的。陆陆大概知道什么内情，我应该向她坦白。

唱片本来就在屋子里的，是吧。她说。我说，对，本来就在屋里。是上任管理员留下来的。你是不是知道什么？她没有直接回答，你觉得是上任管理员留给你的？我说，不是吗？我觉得应该是。他故意留下来，作为一把钥匙。她眼睛闪过惊异的色彩，钥匙？我说，实话说了吧，我有种奇怪的感觉，总觉得不对劲，那个人只给我留了两张唱片，一张还是钢琴的，这些应该不只是巧合。你那天正好弹了贝多芬，我就觉得，这两张古典唱片应该是为我准备的。为了接近你。接近你就必须得懂点音乐。唱片就是钥匙，或者说，像敲门砖，怎么说都行，反正就是能打开你心扉的方式。我打听过前任管理员的事，他是不是用这种方式接近过你？可能我很多疑，虽然这些想法不切实际……这时，陆陆突然打断了我，不，你没想错。我吃惊地看着她，她脸色泛起了一片红潮。那唱片不是随便留下来的，她说，不过，布置这些的人不是他，不是你的前任管理员。我心里一跳，脱口而出，难道是……陆陆说，是林勃。她的语气里有种不容置疑的态度。跟前任的管理员无关，他和你一样，跟前面的前面的前面的管理员一样，不只是你一个人掉进了这个圈套。唱片就是圈套。埃利·奈伊也是一个圈套。只要我们一开始对话，就掉进了圈套里面。是林勃安排了这些。这就是为什么我避免跟你接触。我不是那种无礼的人。可没想到，你还是陷进去了。你不是头一个。如果我不做点什么的话，你也不会是最后一个。不能这样下去。她皱着眉头。她烦恼的样子比任何时候都吸引人。我想不明白，说，你说这是一个圈套，是什么意思？林勃为什么要这样做？让我接近你，对他有什么好处？陆陆沉默了一阵子，说，他是为了折磨我。折磨你？我越来越困惑。对，他就是这样想的，她说，他故意安排这些人接近我、追求我、骚扰我——原谅我用这个词，都是为了让我远离他。他明知道我离不开他，但他身边已经容不下我了。我问陆陆，你喜欢他？陆陆马上冷冰冰地回答，没错，我是喜欢他，我爱他。让我惊愕不已的是，尽管她说着爱他，尽管她口中吐出的三个字如此神圣，其背后的情感却像喜马拉雅山脉上的寒冰，似乎不含有一点爱意。我也没有想到她承认得如此之快。这个实际上已在我脑海中反复怀疑多次的事实从她口中说出来，没有引起我特别的反应，仿佛这是一句无足轻重的话。我当作没听见。她继续说下去，从一开始我就喜欢上他了。就是我第一次给他弹琴，他狠狠地批评我，一点都不留情面，从那时候起。可他不喜欢我。他知道我喜欢他，虽然我从没跟他讲明白过，他也一定知道。他那么聪明。他之前结过婚，很快就离了，后来就再没结过。他不靠谱，可那种靠谱的感情也不是我想要的。我最想不明白的是，他竟和县长老婆那种女人在一起。那种女人，你是见过的吧？又老又丑，肤浅自大，他怎么会喜欢那种女人？陆陆说这话时我完全感受得到她的恼怒。正是这种嫉妒和恼怒让我相信她相当在乎林勃这个男人。面前这个冰川般的女人，即便内心的情感坚固、寒冷、凝滞不动，可提及自己在乎的男人时还是露出了薄弱的肋骨。林勃的情妇我见过，印象里是一位高贵有气质的女士，虽然远比不上陆陆，但也没有像她说的那样不堪。她竟然说出这么失礼的话。但她端坐着，腰杆笔直，显出毫不在乎的神情。所以，今天我什么都跟你讲明白了，陆陆说，不要再试图接近我，一来这是一个圈套，二来我有自己喜欢的人，跟我走得太近没什么好结果的，只会浪费你的时间，懂了吗？我紧盯着她的眼睛，想从中找到一点犹豫的情感，她马上把目光转向别处，不让我直视她的眼神。这倒让我产生了朦胧的好奇心。她不像是无意间转移开目光的。我认为是心虚的表现，她说这话时不像刚才那么斩钉截铁，这就意味着话语背后还有足够的余地。拒绝一个男人就应该让他彻底心死。她至少还是希望和我做朋友的，我这么觉得。她侧过脸，露出微微突起的下颌骨，中间的脖子像剥了树皮的新鲜树干，被下边清晰的锁骨夹得紧紧的。她在思考。她并非在等我的答复，大概也不关心。可我还是喜欢听你弹琴，我对她说。我只有这么一句。从头到尾就这一句。根本不用通过大脑思考，想都不用想就这么对她说。她似乎没听到我的话，她没反应，只把目光投向墙壁的某处。我相信她听得到我在说什么。过了一会儿，陆陆才转过脸来。好吧，她说，那我求你帮个忙，你愿意帮我的忙吗？我说，我愿意。也是没有经过大脑思考的答案。我连要帮什么都没问就直接答应了她。你别着急答应,她说，先听我说完。可她的问题就是问我愿不愿意帮她。我能回答她“不愿意”三个字吗？我对她说,我会帮忙的,你说吧。她点点头,说，你帮我调查一下那个女人。你知道我说的是谁。她说的是那个县长老婆,林勃的情妇。你要调查她什么？我问。下次再告诉你，她说。说完她从椅子上站了起来，我也站起身，是时候告别了。不知为何我突然觉得自己明白她所有的心理，但也只是一瞬间，一瞬间的全知。马上我便意识到其实自己对她一无所知。我主动顺着楼梯下去，她跟在我后面，像温顺的孩子。像开头和结尾颠倒的电影。她把我送到大门口，然后再次消逝在闭合的阴影里。

回到荔枝园的屋子，我开始反思自己为何轻易向陆陆许下承诺。当然这种反思是没有结果的。一进入那个昏暗的屋子我就陷入长久的沉默。毫无边际的沉默。我偶尔会沉迷这种呆滞的状态中，这并不代表我在思考，没有什么占据着我的大脑。大概只是在放松。我啃指甲。抱着膝盖。靠着床头坐着。过了很长一段时间，耳朵里开始出现幻听。那的确是幻听，但我就是清楚地听见了。每一个颤抖的三连音。一个又一个音符像在空气中膨胀爆裂开。是陆陆之前为我弹的曲子。其实我早就发现自己有幻听了。在这间屋里，就算不放CD，那些旋律也会自动跳出来，在二十平方米的空间里回旋飘荡。我觉得那应该是这间屋子的音乐记忆。屋子像人一样也有记忆。都是过往的、黑暗而孤独的管理员们让它记录下来的。容易让人敏感而沉默。

过了一会儿，我发现自己越来越生气，不是伤感，是生气。我站起来，绕着屋子转了几圈，没法让怒气平息下去。很难说得清楚是什么让我这么愤怒。也许是陆陆的坦诚，她的坦诚对我造成了伤害。不过我理应感谢她的坦诚。我松了口气。她跟我说喜欢林勃这件事不过是戳透了我心里的预感，我反而觉得她说出来我会更加好受一些。像压在胸口的石头被搬离。随之而来的是自尊的挫败感。我生气的应该是这个。我没法逃脱出陆陆的掌心，就算她拒绝了我，就算她喜欢的是别人，她动一动指头，我就不得不乖乖冲到她跟前，摇尾巴。而她对我甚至不如一只宠物。我还要为她做事，做消耗我自己的事，心甘情愿，毫无反抗，这是我最怨恨自己的一点。我从屋里走出去，鞋子也没换，我想出去走走，让心情缓和一些。开始我的速度非常快，一头扎进荔枝林里，刚下完一阵雨，道路泥泞，不一会儿就踩溅上一身泥。我的领口、袖子、屁股和大腿都沾上了泥水，有些甚至还钻进了我的嘴里。园子里本来就没有什么规划好的道路，只有一些熟悉后习惯走的路。我故意踏上一条跟平常不一样的路，纵横交错的枝蔓让我眼花缭乱。走着走着，我感觉自己越发地陷入了泥潭，四周的荔枝树好像要把我包围起来，最后，我必须努力半天才能从两棵树中间穿过。我第一次发觉，原来园子这么大，这片地上好像长着数不尽的荔枝树，可是它们的数量我明明是最清楚不过的。这片荔枝林突然逃脱了我的控制，像是一个个新来的客人，变得无比陌生。它们不断向我迎面走来，沉默着，挡在我身前。我长久地与它们对视，感觉自己也同化为它们其中的一个。冷漠、沉默，彼此之间。我用尽全力向前走去，树枝割破了脖子上的皮肤。我绊倒在地，手掌撑在石子上，鲜血直流，可我一点也不觉得疼。走到一处略显空旷的地方，我停下脚步，不是因为疲倦，我觉得自己还能再走两个小时，气也不喘地走到天黑，都没问题，但是某种不好的预感让我停下来。我一向敏锐，总能发现一些不太和谐的东西。一定是已经看到了什么，只是还没反应过来。我回过身去，围着那些树木绕了一圈，一直到第五棵或者第六棵的时候，才猛然醒觉。一股电流般的悚惧迅速穿透我全身。我看到树身上一道黑漆漆的口子。还不止一棵。切口非常深，几乎横贯树身，断口表面不整齐，用的大概是某种便携的电锯。每次都锯到中途，到达一个足够深又不至于把树锯倒的临界点。我在附近转了几圈，确定只有这个地方的荔枝树受了损。总共七棵，都是小树，树干还没杯口大，都是前两年种下的。应该是这两天，有人趁我不在，从外面潜入荔枝园，犯下了这桩案子。我站在这些纪念碑似的荔枝树前，思考了五分钟之久。这件事的后果，并非我所能承受的，某种危险的信息，我已经深刻地嗅到了。林勃应该还不知道这件事，除了我，其他人也不知道。作为荔枝园最主要的负责人，我是第一个发现现场的，想到这里，这种喜剧性反而让我有点想哈哈大笑，一股来自内心的轻松和调谑忽然释放出来，似乎这也不算一件多么严重和危险的事。也许就是一个恶作剧。凶狠的玩笑。一个外来的不分青红皂白的毛头小子跟我开的玩笑。直觉告诉我这是外人干的好事，因为我认为这不是我们内部临时决定的，这样至少我应该知情，就算来不及通知，我也想不出单单把这几棵树锯断是出于什么合理的缘由。我原路返回，甚至小跑起来，就像那些第一个发现事故现场而匆忙逃离唯恐引火上身的虚构或非虚构的人物一样。大概往前跑了一百米后，我产生了一种新奇的快感，如果这种快感是跑步带来的，我宁愿就这么一直跑下去，当我一口气跑回屋子里，重新投入了无边的黑暗时，快感随着体温渐渐冷却。我回想起来，刚才待在这间屋子里时还觉得十分生气。现在我倒是一点也不气了，反而是，难以言说的冷漠。确实如此。危机。危机到来之时，冷漠总是有限地发生的。当然,也不全是冷漠。看到那些被损害的树的时候，我的第一反应就是危机感，那些可预见的、我不能回到荔枝园承受的后果。我已经能想象到林勃看到这些树会是怎样的反应，他也许会跑到我屋里，狠狠踢我的屁股。好几种可能发生的画面一瞬间闪现在脑海里，搁以前，我绝对没有这么敏感和丰富，只会沉浸在自己的世界里。可现在不一样了，我甚至对此感到深深的惊异。也许一天两天，也许一周，也许九天十天，林勃会发现荔枝园里的事故，不可能超过两周，我相信，两周之内，这件事情一定会被捅破。作为荔枝园的主要管理者，我自然难辞其咎。是谁干的？我想了一通，没想出个结果来。我可不信只是某个愣头青偶然想找这些树发发脾气，干这件事的人一定怀有强烈的动机，要么是冲着我来的，要么冲着林勃，毕竟这是他的荔枝园。他的情况我不清楚，只知道，在我这里似乎没什么仇家或者敌人。我想不到有谁为了报复我会做到如此地步。诚然，在我二十多年的生命里，始终和他人格格不入，但我不争不抢，无欲无求，碰到实在厌恶的人物，会尽最大的可能远离他们。准确地说，不仅仅是厌恶的人，我尽量避开所有的人群。我很难信任别人，如果连最基本的交往前提都没有，矛盾和冲突、仇恨和憎恶也无从谈起，憎恶反而会让我觉得疲惫乏味。我也理解不了被人憎恶是怎么样的。上大学的时候，有一个室友，爱赌钱，老是找我借钱去赌，但从来没还过，后来从我身上实在套不出什么钱了，就开始在同学中恶意中伤，到处说我坏话。我不关心别人怎么看我，其他人也没真正相信他的话，所以对我来说也没什么影响。有一次，我们在一个密闭空间里大打出手，那大概是我记忆里唯一一次打架，可我甚至不记得确切地点，课室、宿舍或者是卫生间，周围一个人都没有，那次打架成了我们之间的秘密。一开始我们还很狂躁地往对方的脸上、脖子上、胸口上招呼，他甚至把我的头打破了，可是很快我们就变得疲倦，越来越恐慌，如果有人来把我们分开就好了，我估计他也是这么想的，难道要这样你一拳我一拳无休无止地打下去吗？没有观众和裁判的斗殴是没有意义的。当时不会再有第三个人出现。我们都明白这点，最后他主动停了手，他是明显占优势的一方，他站在门口，我靠在角落的墙边，我们相互瞪视，然后他转身离开。实际上，那时我暗自感激他。现在回想起这一幕，也仅仅是感激，而非怨恨或者憎恶什么的。是的，很奇怪，我反而感激他这么做。我可以把他当时的行为当作绅士的行为。似乎以前的厌恶也不算什么了。我觉得自己对他人的厌恶不是一般意义的厌恶，更多是对人类共性的厌恶，而非针对某个人、某件事，因此我想逃离所有人，包括我自己。我已经相当努力地去避免和其他人产生过多联系，如果说世界上还有谁憎恶我，我第一个想到的不是别人，正是我妈。这话听起来有点吓人，其实我指的不仅仅是憎恶这种情感，而是所有情感缔结的共同体，当然我也不相信她会憎恶我，她爱我比所有人都深，正因如此，我妈和我的联系比世界上任何人都紧密，一碰到事情，我第一个想到的人是她，而不是别人。换作其他人，我根本想象不出，还有谁会为了报复我，特地跑来荔枝园里搞出这么大的一场局。

那么，这件事情，很有可能是冲着林勃来的。但我无法脱责，谁叫我是荔枝园的首要负责人呢。就这样，我怀着忐忑的心情度过了接下来的一周，每天傍晚，我散步到那些树被损害的现场，看着它们的枝叶因缺少养分，以微弱的速度萎败下去——这个过程的确微乎其微，因为在冬天，气候阴冷，大大延缓了枯萎的速度，看上去好像什么也没有发生，但我是能察觉出来的，一丝一毫都能。作为这个荔枝园的首要负责人，我倒希望什么也没有发生。这几棵树还好好的，没有损伤，枝叶像塑料做的似的永不枯败。我倒是希望这个假象能维持一年两年，不，不需要那么久，半年就够了，但我知道那是不可能的。就像是，一颗定时炸弹，倒计时写着两周甚至更短。不过，意外的是，一周过去，林勃仍然没有出现在荔枝园里。其他工人们依旧像往常一样,从中午十二点玩牌到下午四点。为了打探他们的口风，我还加入牌局里。每次我问起荔枝园的事宜，他们都相当冷淡，随便搪塞几句，表现得甚至让我怀疑是故意的，他们以前可不这样。现在工人们的心思好像全在一局又一局十分钟的牌局里，整个荔枝园都与己无关，即便忙季刚过，即便林勃最近没来，他们身上展现出的惰性和虚无仍然让我惊讶。他们是不是察觉到了？我经过事故现场时，仔细观察了周围的痕迹，路面上只有我一个人的脚印，好像出事之后，那一带只有我一个人涉足过，再没有人去过那里。这让我更加怀疑。我怀疑他们事先知道什么，所以有意避开，否则我不相信，就这么一个屁大的荔枝园，会出现这种盲区，而且也太巧合了。一定有人知道什么。这一周过得无比漫长。又过了两天，傍晚时分，我在园子西边的草坡上用餐，当时已经喝了两瓶啤酒，微微有些醉意，我听见身后有一些窸窣的声响，猛一回头，瞧见一道瘦长的身影闪没在一棵树背后。我大声朝那边喊道，谁？没有人回答。我提着啤酒瓶刚要走过去，树后转出一个人来，定睛一看，是经常和我打交道的一个工人，因为和我年龄相近，大概三十出头，我们聊得比较多——但关系也仅限于此。我平常跟着别人叫他小陈。我问他，你怎么会在这里？他的眼神里流露出慌乱，一种不可能潦草掩饰的慌乱，他搓了搓手掌心，回答说，就是随便走走，碰巧。他穿了一件蓝色的工作衬衫，熨得整整齐齐，能清楚看到胸前的汗水透过衬衫显出的枝条状的痕迹。你也经常来这边吗？我说。很少，他摇摇头，第一次发现还有这么一个地方。我经常会散步到这里来，我说，想不到吧，还有这么一个地方，站在这里，就能看到这片风景。说出这句话时，我感觉眼前的风景不是自然形成而是通过我的话语长出来的。真的美吗？这些古板的橡胶树林、几米见方的小水洼，在阳光下发赤的绵延的泥地，来来去去，不知名的鸟群，还有一成不变按时巡逻的牧羊人和他的羊羔，它们真的吸引人吗？我留意到，小陈看向这些风景时，眼神更显慌乱，有种无所适从的感觉，他把手放进衣兜里，双脚微微踮起又落下。我觉得自己应该说点什么来挽救局面，于是又主动和他聊了几句，我告诉他这儿是我的娱乐场所，我会一个人在这里喝酒、吃饭、打发时间。每句话都无比真诚，除了和盘托出我还能说什么呢，但即便如此，他也未必会信。他沉默着，不怎么说话，也许躲在树后的那一刻起，就打定了主意。当然，我也不期望能从他口中套出什么东西来。小陈借口说回园子里收拾工具，我目送他离开，他的身影没入灰色的林子的一瞬，我站在原地，心里突然生出一种异常的镇定。我不再担心那些毁坏的树了。就像一艘船触礁后，船底分崩离析时没人会再考虑华丽迷人的船顶。我还挺吃惊的，越想越吃惊，不仅仅因为我被监视，更是因为这个监视者竟然是小陈。一个我在荔枝园里最熟悉的人。正是如此，没有人比他更适合了。很多道理你事后都能想通，甚至还会被其中逻辑的缜密、因果的神奇和规律的必然而震慑，但身处其中，很少有人会逃脱情感的一时束缚。从我踏入荔枝园的那一刻起，就身处无所不在的监视之中了。之前我也隐约想到过这个层面，即我并非这个园子的监视者，而是时刻被这个园子所监视，但这个想法只是一闪而过。我还天真地以为，代表园子最高统治层面的，是林勃，我的这位老板，我对他负责，他监视我，我把那个神秘的监视力量和他等同起来，我把荔枝园的阶级构成分成四个等级——林勃、我、工人们，还有园子里的树木。作为老板的林勃统治着做管理员的我，我统治着工人们，而工人统治着园子里的树木。但事实上，我发现自己被荔枝园里的一切监视着。我才是最底层的阶级。无论是林勃、其他工人，还是园子里一百来棵果树。我本以为能了解这些树，就像林勃一开始跟我说的，每棵树上的叶子都知道得一清二楚，可我现在才明白，这句话不过是一个幌子，我不可能了解这些果树，终其一生都不会，因为我既不是荔枝树的同类，也不拥有它们。现在反而被它们所监视。我像一个完全陌生的人闯进了这片领地。我感到身上有些冷。收拾好餐盒和啤酒瓶，离开草坡往回走，我实在不想穿过园子里那片果树林，但是没有别的路可走。当我走在荔枝园里面，树和树之间的小路好像变得更加狭窄，比第一次走在里面时还狭窄，我能听见它们内部发出的低沉呼号，不是风吹起树叶的声音，而是树木向我发出的、威胁性的信号。我没有做错什么。我回到屋子里，跳到床上，把棉被裹在身上，只觉得很冷，上海的冬天都没有这么冷。这间屋子没有空调，还得生一把火，但屋里连火盆都没有。我又下床走出去，找了几块砖，在屋子里围起来，围成一个火灶的模样。我在外头找了一圈，没找到多少能烧火的木柴，回到屋子，我一眼便看中了那张乌黑陈旧的木桌，我打算把它劈成几块来烧火。我真的那样做了，我拿起斧头狠狠劈在木桌身上，一声又一声沉闷的声响，几斧足以使我大汗淋漓，一点都不冷了。但我还是想生起一团火，不生起火我今天不会甘心，也不会得到真正的温暖。我把木块扔进围起的火灶里，用破布引燃，试了好几次才成功，火焰渐渐从灶底升起来，灿烂凌厉地吐着信，房间很快被浓烟填满。我稍稍打开门窗，上床躲进被窝里，盯着那团跳跃的火焰，虽然还不够大，但我感觉好多了。我很久没有闻过这种柴木烧焦的味道了，这让我回想起小时候，跟着父母回老家过年的情形。气味，从鼻子得来的记忆，远比眼睛看的、耳朵听的和嘴巴尝到的东西更加深刻。我一直这么认为。人可以没有眼睛、没有耳朵、没有嘴巴，但不能没有鼻子。故乡是一种气味。生活也是一种气味。对一个人的记忆也是一种气味。我能回忆起年迈的爷爷在屋檐下抽水烟，坐在门前的板凳上熟练地把竹子剖成篾丝，奶奶在厨房里添柴火、打年糕，给我绣好看的香包，一字一句教我唱广东当地的雷剧，这些都是因为那股熟悉的气味。这股气味唤醒了我幼时的记忆。因为我妈的狭隘，和我爸分开以后她就憎恨上了所有堂亲，连爷爷奶奶也是，我再也没有见过他们，这大概是至今我觉得最遗憾的事情。如果以后有可能，我想建立一个气味博物馆，专属于我自己的，我把自己生命里最深刻的那些气味记录下来，装在大大小小的瓶子里。如果说我这人这辈子有什么成就的话，第一个被提起，或者唯一被提起的应该是这个博物馆。我希望子孙们回忆起我这位祖辈时，会说，他建立了一个只属于他自己的气味博物馆。

当晚我在回忆中迷迷糊糊睡着了。第二天醒来，鼻子和嗓子闷闷地疼，喘不过气，不住地咳嗽，应该是吸进了太多烟气。如果不是门窗开着，我大概会在睡梦中窒息吧。屋里一片狼藉，灶里全是灰烬。我下床把这些清除出去，砖头搁在门口，木灰填到屋后的水坑里。做完后，我重新回到屋里，感觉什么东西从这间屋子里永远地消失了。一张旧桌子，我知道，本来屋里就没几件东西，我只是不敢相信它就这么没了，只是一个晚上，屋里就永远地少了一张桌子。我不敢保证明天会是什么情形，再过两三天，会不会又有一把椅子、一个书架子、一张床消失。我拿起手机,上面有我妈给我打来的未接电话。之前相亲的事情，已经用短信跟她说明白了，我只是害怕和她通话，害怕在电话里跟她交谈，我现在开始有了这种心理。我宁愿回家和她见面也不想在电话里交谈。和我妈通话时，我感觉对面说话的不是她，这边说话的也不是我。仿佛是两个未来的仿生人在出厂前进行日常交流的测试。陆陆没再联系我，我从她家离开后，因为荔枝园出了事，我也没主动找她，更别提她委托我调查的事了。我都不知道自己是怎么答应下来的，也许是出于面子，出于英雄情结，从小到大我很少拒绝别人的请求，尤其是女性，一位我所仰慕的女性。当时我答应下来的时候，可能脑子都没多转两下，对此我现在很后悔，这件事情的复杂性不是我能操纵的，我在为一位我爱恋的女性去调查一位她爱恋的男性的情妇，而这位男性还是我的雇主。因为这关系的复杂性，稍有不慎，我就会满盘皆输。如何着手去调查呢？林勃的那位情妇我就见过一两次。我们从未说过话。她给我的印象是一位富有魅力又带有些许冷酷和暧昧的女人。关于她的信息，我之前通过荔枝园的工人们了解过一些，但是现在我不可能再问他们。现在想起来，向工人们打听林勃情妇的情况简直荒诞不经，我吃了一个大大的暗亏，我居然向林勃的耳目打探他的情况。因此，想必早就引起了林勃的注意。是的。我早已身处监视之中。他们告诉我的信息也未必是真的。退休的王县长的老婆。不久前勾搭上的，但至少是在我来到荔枝园之前。仅有的两点信息。如果要调查，也只能从王县长这条线索开始。说不定是一个圈套。我打开手机上的日历，数着日子，再过几天，林勃家的月宴又得举办了，到时候肯定能见到他的这位情妇，也会再见到陆陆，这次她应该会来。上次在陆陆家,她说下次再详细告诉我调查的具体事情,但直到现在，也没下文。她忘记了吗？还是像我一样被其他事情困住了？我期待着见面时她给出的答案。无论如何，一想到又能和陆陆见面，我的心情重新变得舒畅起来，仿佛傍晚时在草坡上见到的、被微风扫荡得干净的天空。

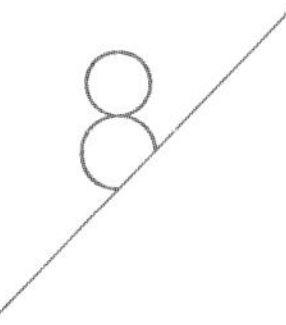

我在日记里写下这么一句话：我认为自己是一个自我消除的人。消除，擦拭，溶解。如果说世界上有很多人为了活出意义而存在，为了可以记录下来的价值而存在，那么我则走在截然相反的道路上。我要做的，是一步一步将自己的痕迹从外部世界里消除干净。这是我之前从来没有想过的问题。这两天，我总是处于半梦半醒之间，不知道自己四处走动时是否已经睡着，或者在睡梦中是否正手忙脚乱地进行一项秘密的行动。我回忆起从前的事，虽然我不算经历很多，但那些事物一个接一个在脑海中显现，就像清晨雾气笼盖的窗户被逐渐擦拭干净一样，我甚至不能确定这些是否真的存在过。它们只留下了一些幻影，意义就在于这些幻影，我看着它们出现，旋即消退，然而这个短暂的注视过程却比原本的漫长经历带给我更加深刻和痛苦的感受。消除赋予了意义。很多时候我们潜伏蛰居，忍耐着各种长久的无聊和痛楚，就是等待着某个消除的时刻，使我们本身的意义升华。消除之前，我们似乎从未存在过，消除之后，我们反而变得真实，这不仅仅是为了被某个或千千万万个头脑铭记，这些头脑最终也会消除掉的，而是，用克尔凯郭尔的话来说，是“致死性的一跃”。Salto mortale。不是虚无主义，这一点也不虚无，相反，是一种激进的手段。我们热衷于在事物上留下自己的痕迹，但并没有任何规定让我们必须留下痕迹，痕迹也不是真正的自己，痕迹是恶的分身。我们活得越有侵略性，越无孔不入，讽刺、无聊和忧郁越无处不在。从小我就比同龄人更能捕捉到世间的恶，这些恶使我变成了悲观主义者，我尤其喜欢克尔凯郭尔（也喜欢叔本华），《非此即彼》读了有七八遍，虽然不敢说看懂了多少（我的记忆力特别差），但是他的文风让我印象深刻，仿佛在欣赏一首巴洛克时期的复调音乐作品。他的词句有时候密不透风，读起来让人不禁呼吸急促，心跳不止；有时候惠风和畅，娓娓道来，如同一种回光返照的安详的自述。以前我很喜欢读书，可这两年来，这种习惯渐渐消退了，甚至发觉对于大部分书产生了越来越强烈的阅读障碍。除了他的书，除了克尔凯郭尔，别的书我几乎读不下去，就跟《费加罗的婚礼》都欣赏不来而去欣赏瓦格纳一样。但我一直都保持着写日记的习惯，十多年从未间断，在我这里，讲述的欲望反而比接受的欲望要强得多。如果有几天一个字也没写，我会像生了病一样难熬，我只是喜欢讲述的感觉，但我憎恶那种广为传播的讲述，那是一种语言上的侵略，讲述仅仅限于自己就好，也不是说非得和自己对话，这只是一个理所应当的行为：讲出来。仅仅是讲出来，其他的事情都不要管。我已经忘了十多年前在日记本里写下第一个字的感觉了，可前阵子在家里翻出当年的日记本，读到第一篇亲手写下的文字时，一股全然新奇又朦胧的感觉涌上心头，这种感觉只维持了短短几秒，马上又消失得无影无踪，因为它唤起的只是关于那个时刻的记忆，而那个时刻早已不属于我。当我意识到这个时刻的消除过程，以及所带来的冷酷和严肃的确定性，我越发觉得，自小保持写日记的习惯是多么有意义。前天：阴雨。昨天：小雨。今天：阴天。南方的冬天总是阴绵潮湿。阴雨造成的出行不便总是让我抓狂。我讨厌打伞，讨厌鞋子被积水打湿，讨厌湿漉漉的感觉。上次在荔枝园里奔跑，就是发现断树的那次，跑坏了我一双皮鞋，康奈牌的，从网上买的。我没什么物质上的追求，也不怎么购物，但对于鞋子是例外。我对鞋子情有独钟。上学时，宿舍下床底堆满了我各式各样的鞋，单靴子就有十来双，因此在同学间得了一个绰号叫“鞋王”。每次我把洗好的鞋子放在阳台上晾晒，过一晚总会少一两双，有些人就是故意捉弄你，这我明白得很，不过我更愿意相信他们是喜欢且觊觎这些鞋子，这样想会让我高兴一点。有段时间我坚持找回鞋子，盯着每一个人脚上的鞋看来看去。我的脚比一般人要大上两号，一般别人穿我的鞋都不合脚，而且我觉得自己有一个特点：只要拥有过的东西，化成灰也能认出来，仿佛被我做了标记一样。有一次，碰上一个比我高一头的家伙，虽然根本不认识，但我百分之百确定他脚上的鞋子是我的，我不知道他是怎么弄到这双鞋的，但那绝对是我的鞋，毋庸置疑。我要他把鞋还给我。我们起了争执，大打出手，但我打不过他，他像揍疯子似的把我揍了一顿。他把我打倒在地，令我的脸颊钻进草丛的泥土里，还踢了我一脚，最后扬长而去。等他走了，我爬起身来，看了一眼脚上的鞋，突然觉得有点滑稽。我总觉得自己有种持续的滑稽性质。每次我穿上量足打造的鞋，就获得一种优越感，觉得比别人高上四五公分，这种感觉让我面对其他人时底气十足，不然我没法和别人交流；要是穿的是别人的鞋，感觉正好相反，就像是从地底冒出来的某种凶残的鱼类，张口咬住了我的脚，举步维艰。因此我无法理解为什么有人喜欢穿别人的鞋，用别人的东西。原本不是自己的，用起来不会有一种被侵犯的感觉吗？我不能容忍别人侵犯自己，也不能容忍自己去侵犯别人，因此我远离人群，也把自己的痕迹从他们那里消除干净。这两天，为了缓解焦虑，即便天气潮湿，我还是出门了，穿的是工作用的水鞋，不是我的，是上一任管理员留下来的，我几乎没怎么穿过，可在目前这种情况下我不得不穿。我的皮鞋跑坏了，休闲鞋也进了水。鬼知道我花了多少力气才穿过果园，到达西边的草坡。到那里的时候我的脚刀割似的痛，双腿沉重得几乎迈不开步子。气喘吁吁。站在草坡上，坡度似乎变缓了，也比以往矮一些，看不到更远处漆铁色的木麻黄林，那片改革开放后种下的有三十多年历史的林子。好像那片林子原地消失了，取而代之的是一片浅白，一团大概是雾气形成的色块，在最远处延展开来，是天空过渡的颜色，肉眼根本分辨不出它是否在流动。它坚固地凝结在那里。更近处，是一大片桉树林，这是在草坡上能看见的最大的树林，我不知看了多少遍。它们树叶的形状以及细长的树干，让人感觉肤浅而轻蔑，但我相当喜欢这种肤浅，不是所有树林都坚实而沉重。此时在水汽的笼罩下，桉树林变得跟以前不太一样，外沿和水雾混为一体，我几乎很难看清楚它们的形状，也许它们的形状就并非我所以为的那样。一部分幼态叶透出赤金色，犹如旗帜的反光漂浮在浩瀚无际的烟海之上。我只看见这些。我把这些当成夜里漫游的光标。我越用力地捕捉远处森林的景色，能见到的就越少。过了一会儿，什么也看不到了。于是我抽身返回，回去的路比来时更加艰难。一切都归咎于这双本不属于我、被我所侵犯，同时也在侵犯着我的工作鞋。我本不应该穿上。路上，我摔倒在泥坑里，半天爬不起来，全身被泥水湿透。在泥坑里挣扎的时候，我感觉被很多双眼睛窥视着，是四周的果树，每一片叶子都是一只眼睛。让人羞耻。因为羞耻我用尽全身力气爬起来，站稳后，发现自己刚好在断树事故现场附近，我认出了其中一棵断树，只有十多步远。我走到那棵树下，观察了一会儿，和前几天相比它又变化了不少，再不是只有我能察觉到了，任何一个人都能看出来。它叶子皱缩,两截被锯断的树干出现了错位，锯口两侧的树皮微卷发黄。这些迹象彻底戳破了我之前抱有的一点幻想。露天陈列的尸体。不再是没人看见。所有人都会看见，所有人都已经看见了。我环顾四周，另外几棵断树同样格格不入地排列在其他荔枝树中间。我心想:改天一定要把这些树拖走。不再是私下、秘密地，而是公开、坦诚地把它们驱逐出去。公开、坦诚地把自己的罪责呈示在日光之下。看着它们仍然杵在这里，我感到难受、恶心。这样想着，我走上前去，扶住树干的上半截，想把错位的部分调整好，托住树身时，感觉非常轻，犹若无物，我刚一用力，树身仿佛受了刺激一样迅速向前倒去，我甚至来不及托住，只听砰的一声，树冠掉在地上，连着折断的树干一起倒下。这下全毁了。我呆呆地瞧着自己干的好事，那根斜戳地上的枝干，和贫瘠的地面、地上残余的树干，构成一个冷酷的三角形。外露的锯口仿佛在张嘴大笑。加剧的难受和恶心。我无法忍受，跑离了原地。越跑越快。最令人伤心的是那些熟悉的事物，你越熟悉它们，就越痛苦，痛苦的来源是熟悉而不是陌生，正是此刻的这种痛苦让我明白，我对这片园地的熟悉和喜爱并非嘴上说说而已，不是应付老板，而是真实的、最内在的感知。我倒宁愿一开始就不和荔枝园建立联系，不受熟悉感带来的伤害。我跑回屋子，就像那天发现事故现场一样。返回能给我安全感。哪怕只有微不足道的一点。

两天后，我果然收到了林勃的邀请。下午我穿上新买的鞋子，打扮齐全后出门。陆陆这次一定会来的，我怀着这样的念想。只有这个念想才会让我乐观一些。自从荔枝园出事以后，我的状态就很不好。尽管因此看清了一些事实，本该早就看清的事实。无所谓，只要能和陆陆见面，听她弹琴，其他负面的东西我都是可以容忍的。她大概是我唯一的救命稻草。这次我给她带了礼物，是一张信笺纸，上面是我写的诗，并不是情诗，她肯定不会喜欢情诗（尤其是出自我手）。不知道她喜欢什么样的礼物，反复考量后，我决定碰碰运气，把那张信笺小心翼翼地折好，放进贴身的衣兜里。一路上我吹着口哨，假装自己心情不错。一进大门，陈管家像往常一样站在葵树下，笑眯眯地冲我打招呼。

他今天打着一条黄色的领带，我忍不住多看了两眼，很久没见，他好像变年轻了一点，说实话，之前我都记不住这个人长什么样，今天算是清楚了一些，也许是领带的原因，他的笑脸也比之前看着顺眼。后院传来一阵乐器的演奏声。我问那是什么。管家回答说，老林请来的乐队，等会儿在院子里用餐时他们会表演。我问，等会儿要在院子里用餐吗？他笑着说，是啊，露天晚餐，这也是头一回，场地都布置好了。我好奇地绕过小楼，朝后院走去，小心地避免踩到两旁的盆栽。后院的草坪上，果然已经有了好一些人，穿着西服，坐在黑色的铁脚凳上，有秩序地排成一个半圆。绝大部分都是男的，只有一位女士，剪着很短的头发，如果不走近看很难看出是女的。她额前的头发有一小绺染成了紫色，拉的是大提琴。七人的室内乐乐队，每个人都神情专注地排练着。周围围着一些像我这样的宾客，他们拿着酒杯，驻足观看，脸上挂着毫无特色的微笑。唯独我没有酒杯。我认出边上的一位宾客是当地报纸的一个编辑，他指着树下的餐桌，那里可以拿酒喝。我点头微笑说，好的，但一动没动。实际上周遭的宾客我差不多都认识，每回饭局上总是这么几个人，想不认识都难。我只是不想和他们做同样的事，包括围观乐队排练，我不想加入他们的围观。和这些人站在一起，我感觉围观的不是一支室内乐乐队，而是一场马戏团表演。一场九十年代的马戏团表演。在我们这儿，这个县里，已经好久没来过马戏团了，或者说，这种娱乐项目在这个时代已经过时。可在二十多年前，一听说马戏团要来，每个人都恨不得跑到几十公里外去迎接，表演一结束，恨不得送着那些猴子、老虎和马匹一直走去下一个城市。那时候我爸带我看了几场巡演。他真的是一个好爸爸，对于年幼的我来说。我还记得那几个晚上，表演者穿着银闪闪的荧光服，骑着摩托，在直立在地面的大钢环跑道里表演离心飞行，当时台下所有人的脸上都写满了惊叹号。父亲把我举在肩上，因此我亲眼一览所有人那种发自内心的情感。那种情感真实无比，而不是眼前这种故弄玄虚的观赏，连马戏团式的观赏都不如。当宾客围在乐队四周时，像是形成了特殊的引力，那些从乐器中走出来的音符和旋律穿过人群，总会偏离原来的调性，颤颤巍巍、极度艰难地挤过一堵密不透风的铁墙，送到耳边时，乐音已无法勾起任何快感。听听周围这些乏味空洞的谑笑。我转身走开想远离人群，实际上到处都是“人群”，不是“这个”人群，就是“那个”人群，我还能走到哪里去呢？只能去找陆陆，只要是她待的地方，就不存在“人群”，至少是一个让我觉得舒适得多的地方。她不在后院的草坪上，这是我一上来就确定的一件事，那么她很可能在小楼里面。我有预感她已经到场了。我要找到她。在门口脱了鞋，准备进入玄关时，我心里隐约期盼着她正从另一边向我走来，就像第一次见面那样，一身黑衣，身上特别的香味、冷酷的面孔都给我留下了深刻印象，要是能再来一次就好了，这种邂逅的场面，不是能轻易碰上的。不仅仅是她这个人，当时场面的每一个组成部分，暖色朦胧的壁灯，穿着袜子踩在榻榻米上的细微质感，还有我们彼此平行却相向的走动，靠近对方，又瞬间分离，虽然只有短短几秒，但这一过程在我的记忆中，不断地逐帧慢放。这些都是珍贵的瞬间，只存在那么一次。我走到通道尽头，在即将走出玄关的当口，一种忧伤的感觉突然从心底冒出来。那样的时刻不会再现。我不会再在玄关碰到她。但我很清楚，以后每次通过这里，我都会有同样的期待，随之而来的是同样的失望。不管多少次都是这样。直到走出玄关，我都没有听见钢琴声，她不在客厅。客厅里坐着五六位宾客，有的在玩手机，有的在看书，环境很安静，这有点出乎我的意料。林勃也不在客厅。他们都不在场，我反而有点慌张。客厅转角处的钢琴盖着深红色的布。连一只蚂蚁在地砖上爬的声音都听得见。我几乎是本能地朝楼梯走去，假装自己隐形而不被人发觉，事实上客厅里的其他人确实没有怎么留意我的去向。我抓着扶手，轻盈地沿楼梯上去。我根本听不见自己的脚步声，也可能是出于紧张。我从来没有去过二楼往上。没有主人邀请，也不应该上来，但此时我已经管不了这些了。二楼并没有人，我迟疑了一下，这才偷偷贴着墙，弯腰走到窗户下面。二楼客厅靠里的位置摆着一张大书桌，上面有文房四宝，大概有人刚刚练过字，砚台里的墨迹还没有干。电视柜右侧有一个巨大的鸟形装饰物，被一个一米多高的木头支架托举在半空中，充满了危险感。支架中间的隔板上，放着一个碧绿色的香盒，散发出一种说不上来的香味，带着潮湿的刺激，很好闻。客厅东西两侧是两个房间，都是卧室，门开着，我迈进两步，向里面扫了一眼，然后退出来。我不清楚是否其中一个就是林勃的卧室。我在二楼四处晃荡了几分钟，没发现什么特别的东西，于是上了三楼。三楼的格局跟二楼差不多，不过装修风格则是地中海式。二层书桌的位置换成了圆桌，上面放着简朴的花瓶、两三只咖啡杯，以及几本精致的画册。让我有点纳闷的是画册的摆放方式，它们沿着桌边均匀地围成一个圈，我小心翼翼翻动，唯恐挪动了它们的位置，仿佛只要偏离一点点，就会破坏某种平衡。画册是罗斯科、波洛克一些人的作品集，现代主义画家，是林勃喜欢的风格，我们谈论过。这些大概是他私人定制的自出版物，封面封底都没有标注出版信息。其中有一本画册，上面印着的画家名字我并不认识，是一个陌生的英文名。我认识的画家本来就不多，这很正常，可越往后翻越觉得不对劲，直到翻完一遍，我又接着翻了第二遍、第三遍。越看越觉得疑虑。整本书只有一幅画，其余都是白纸。开始我还以为漏看了，事实上没有。确实只有一幅画，在书四分之三的位置，一百一十二页到一百一十三页，一张横向长条形画幅横跨两页。图像很简单，是一个既像青蛙又像蜥蜴的动物，趴在一块石头上，石头前是一两个果子，红色的，可能是樱桃，也可能是荔枝，背景是带着点赭石的暗灰色。可以看出来，这幅画在风格上是中西融合的。如果封面上的英文名字就是这幅画的作者，而作者又确实是一个外国人，那么他肯定学过中国画，说不定还是个华裔。我盯着这幅图看了半天，看不出个所以然来，相反，越是盯着，一种朦胧而诡异的感觉就越发强烈地充斥全身。最后我把书合上，放回原来的位置，闭上眼过了好一会儿，还能感受到那种奇异的震颤。蓝白斜纹布套的沙发上，一只白色的猫在睡觉，旁边的桌子上摆着各式花束，三楼的客厅跟二楼的一样大，陈设却显然精致得多。墙上挂着一组照片，都用精美的相框装裱着，照片上大概都是林勃的家人和朋友，还有他本人。其中一张是夜泳后刚从河里爬出来时拍下的，开了闪光灯，他年轻的肋骨显露无遗，微张的嘴巴还显露出被拍摄时的惊讶。很有生活情趣。这组照片都有类似的趣味。看了一会儿，我发现，家庭合照中，出现得最多的是他的母亲，他们长得很相似，我一眼就认了出来，还有林勃的大姐、二姐，我都认得出来，可奇怪的是，照片里没有他的父亲。就连其中一张年代久远的家族大合影里也没有。也许他父亲过早去世了，或者离开了他们母子。我心里默想。从没听他说起过父亲。虽然不清楚其中缘由，但这一发现还是令人疑惑。东西两侧其中一个房间里，光线昏暗，窗户都遮着厚厚的大窗帘，里侧墙边的正中央摆着一张八仙桌，上面贴墙安放着神龛，还有香炉、电蜡烛、酒杯等。香炉里的香已经熄灭,底下一层厚厚的灰。电蜡烛亮着红彤彤的光。我在神龛周围扫视了一圈，总觉得不太礼貌，便悄悄退了出去。其他几个房间有的是书房，有的是卧室，都没有人。虽然一路上来没被发现，而且我心里总有一种坚定的预感，就是不会有人来撞破我的侦察——这栋楼除了一楼客厅，二楼以上，除我以外再没有其他人了——但我心里一直隐隐地不安，我还是第一次这样闯入别人的私人住处，说不上来是因为道德感的谴责，还是因为对将来之事更远一层的预感，或者别的什么东西。可我来不及多想，又蹑手蹑脚上了四楼。刚爬上来，一看到客厅，我就呆住了。偌大的房间里什么都没有，只有一架钢琴摆在正中央。跟陆陆家里顶楼的练琴厅简直一模一样。除了钢琴，什么也没有。原来在林勃家，除了一楼的钢琴，还有另一架钢琴的存在。我走过去，绕着钢琴走了一圈，不敢相信眼前所见到的一切。头脑中关于陆陆练琴厅的画面不住地蹦出来，渐渐和眼前景象融为一体，每一颗灰尘，每一个墙角，都惊人地重合了，我甚至分不清此时身处的是林勃家，还是陆陆的练琴厅。甚至连钢琴的牌子都是一样的。雅马哈的钢琴。是巧合吗？不，我不觉得，世界上没那么多巧合的事，一定是刻意为之，连怀疑的余地都没有。不知道是林勃家的摆设模仿了陆陆家的，还是陆陆模仿了他，反正这两者源自同一个想法，没错，当我想起陆陆和林勃非比寻常的关系时，这个结论就更确定了。他们认识了那么多年，也在同一个地方待了那么多年，甚至练琴的地方也一模一样。现在回想起陆陆讲林勃的那些话，我不得不起了疑心，他们俩的关系是否真的如她所说。在此之前，我对她的一切是百分之百信任的。也许荔枝园出事后，我发现园里处处可疑，它不再受我控制而是我被它控制，我看待事物就不得不多一个心眼。包括陆陆说的话。甚至是她本人。我很难确定对此自己是否还是绝对信任。这时，心里的另一个声音马上回击了我：别瞎想了！不许怀疑她，绝对不许！我又立刻否定了自己。是啊，陆陆是我在这里唯一的寄托，如果我连她都不信任，还能相信谁呢。她是我唯一的女神。为了使自己平静下来，我不断地围着钢琴转圈，直到走到第七圈还是第八圈时，才停下来。琴盖上的乐谱就在我面前，我拿在手里翻看，是莫扎特、拉赫和肖邦，和记忆里陆陆练琴厅里的乐谱完全一致。我感到了某种痛苦。跟刚才在一楼发现林勃和陆陆同时不在场时那种瞬间的痛苦是类似的，跟陆陆亲口告诉我她喜欢林勃的时候，跟我在荔枝园里感受到的一切痛苦，都是类似的。我不能在这里多待一分钟，不然更多的痛苦会汹涌而至。我继续沿楼梯往上爬，走到一半才发现已经到头了，只有楼梯右侧有一个不大的阁楼，玻璃墙，木门紧闭着，左侧是一道铁门，通往楼顶的天台。铁门没有上锁，我转动把手，打开门迈进天台。我没想到自己会走上林勃家的天台，这上面能有什么呢，只是看见这道门我便下意识地打开了。一阵黄光刺痛了我的眼睛。天台的地砖是通透的蓝色，强烈地反射着阳光，入口处有一个正方形的拱顶，由格子状的玻璃搭成，周围粉刷着同样透亮的白墙。墙角砌着方形的花坛，种着一些绿色植物。拱顶左右两侧各有一处空地，我朝右边走去，才走了几步，一个身影突然出现在眼前，我根本没想到会在天台碰到别人，吓得连忙跳到一个花盆后面，蹲下身。花盆有一米来高，足以藏匿下我的身形。万幸的是那人没发现我。我在花盆后偷偷观察那人。她背对我站在天台的栏杆前，有十来米远，看背影似乎是一个女人，她一动不动地站在那里。从手臂姿势看，似乎手里还拿着烟。过了一会儿，我更加确信那是一个女人，而且是一位年轻女性，身形苗条，看体态大概二十岁到三十岁之间，上身披着一件浅白色披肩，下身是灰色牛仔裙。天台上的风有点大，她两侧的头发不住地往后扬起，穿这么少站在这儿不会冷吗？我有点为她担心。我总觉得这人有点眼熟，应该不是陆陆，但除了她还有哪位年轻女性会出现在林勃家的晚宴上？又过一会儿，大概是手里的烟燃尽了，或她的冥想结束了，她转过身来，沿着栏杆走了几步。那一瞬间我脑海中蹦出了一个想法，啊，是她。林勃的情妇。前任县长的夫人。我早该想到的。我跟她见面不多，并不太熟，所以一时间不能根据背影认出来。她的实际年纪比身形看上去要年长得多。她为什么会一个人跑到这上面来？平常在林勃家见到她时，她要么和林勃在一起，要么和其他宾客一起，我几乎没见过她落单的时候。因为她和其他人打成一片，我在心里把她归入了另外一类人，同我和陆陆相区别开来的另一类人。在宴会上，我也没多留意，尽管她的气质非常吸引人，尤其是初见那次，我目前对她所有印象都停留在那一刻。她坐在椅子上，面对我，头顶正好是毕加索的那幅名画《梦》，那一瞬让我印象特别深刻，坦诚讲，她同样对我构成了吸引，和陆陆不同，那是另一种吸引。但因为已把她归入另一类人，我便没怎么多接触。此时在天台上看到她，我心里朦朦胧胧产生了一种好感。也许是因为她独自一人在这里。她在天台上得有一段时间了，一根又一根地抽烟，来回踱步、静立、陷入沉思。她的动作的确迷人。像一只鹳鸟。

她比陆陆还要高一些，也健壮一些，长相谈不上好看，但非常耐看，这点和陆陆很一致。她看起来心事重重，在想些什么？她的腿部线条保持得比身上任何一处都好，我的目光不由自主地停留在她的双腿上。她穿着藕色的裙袜，随着步伐而摆动，在我看来，这种断断续续的迷思和优柔不定的时刻使她的腿部更添了一层美的意味。一个女人的困惑是很有美感的，这种时刻并不多见，我也没有多少像这样窥视她的机会。没有想到的是，陆陆当初委托给我的调查，竟然以现在这样一种方式在天台上实现了。以一种随机、偶然、无目的性的接触开始。陆陆甚至没来得及跟我讲明调查的目的。面对这样一位迷人的女士，我应该调查她的哪一部分？和林勃在一起的证据，还是她个人的秘密？一切还须陆陆向我说明。此刻，望着栏杆边上的这个女人，我心里仅仅留下了一幅充满诱惑和装置美感的图景。它引人发问。疑团四布。她一个人在天台上抽烟。尤其是想到林勃和陆陆都不知去向，我变得更加焦虑了。我全部心思都放在对她的窥察以及自己的焦虑上，这时如果有人推开铁门走上天台，一下子就能发现我，但好在始终没人出现。没过多久，林勃的情妇（我还不知道她的名字）也离开了栏杆，往铁门走去。她要下楼了。这个过程里她一直没有发现我。等她走了十来分钟后，我才从花盆后面出来，拉开铁门，走下楼梯。下楼时我非常小心，避免被人撞见。不过和上来的时候一样，整个过程很是顺利。

在从二楼通往一楼的楼梯上，我听见了林勃说话的声音。想必他正坐在一楼的客厅里。楼梯尽头有一株玉桂的盆栽，正对着卫生间。门开着，里面没人。我俯下身子，轻盈地滑下楼梯，藏进玉桂的阴影里，顺势退到卫生间里面。我关上门，对着镜子，尽量舒缓着自己的情绪，就像第一次来林勃家里做客时那样，等我从这里走出去，其他人会以为我只是上了一趟卫生间，什么也没有发生。隔着玻璃门，能听见客厅传来放肆、粗俗的大笑，仿佛遥远的海面上传来的雷鸣。我走出去，出现在客厅里，一群人围坐在一起，比先前人多了一些，他们不再是安静地各玩各的，而是认真听林勃讲着什么，大概是一个低俗的玩笑。我从林勃身后走进去，一些宾客瞧见了我，接着马上把目光投向别处。这是一个无足轻重的人，他们肯定是这样想的。陆陆还是没有出现。我从林勃的一侧经过，他总算发现了我。看到我的一瞬间，他的目光突然变得锐利起来，脸色也阴沉下去，他停顿了半秒才恢复如初继续讲下去。这种反应不仅让我有些惊讶，就连其他客人也齐刷刷盯着我看，露出了同样惊疑的神情。我低着头，找了一个角落的位置坐下。心跳加速。我回想着林勃如此反应的意味。难道是刚才擅自上楼被他发现了？不，应该不是，应该是荔枝园。想到荔枝园的事情，我后背一阵发凉，突然之间，居然要面临这么多问题（这么多问题！），内心涌出一股难以忍受的厌恶感，原来还有荔枝园里的事。本来我已经做好了应对林勃的心理准备，这件事瞒不住他，可真正面对时，我反而怯场了。这时，我才发现在处理这件事上我是多么幼稚。监管不力是主要责任，退一步讲，我至少应该在第一时间向林勃汇报。发现断树的那天就应该马上告诉他。当面告诉他，给他打电话、发短信都行。可我逃避了。有点掩耳盗铃的意味。仿佛只要不把这事告知林勃，就可以当没发生过，简直愚蠢。现在，老板主动来找我了。待会儿他肯定要问起这事。我眼睛偷偷向林勃瞥去，他正专注于向大家分享他的笑话，没再看我一眼，就好像刚才什么也没发生，或者说，之前的反应只是一个稀松平常的打招呼的方式。我大概有两周没见到他了，听说他出了一趟远门，应该又是去参加产品交流会，他向来擅长开各种各样的会，身兼好几个民间文化团体的领导职位。我知道，在经过这么长时间的相处之后，他留给我的印象和第一次见面时已经相差甚远，应该说，是渐渐偏离了那时预想的轨道。第一次见面时，他流露出不俗的气质，使我产生了强烈的愿望想与他深交，我喜欢接触比我优秀的人，不管对方是男性还是女性。我曾设想，和他产生超越雇佣关系的友谊，并非要亲密无间，太亲密听起来也是怪怪的，而是说，有心灵的共鸣，起码是，能相互理解。当他看中我、雇用我为他的荔枝园管理员的时候，我就是这么想的，相信他也这么想，不然，选中我是为了什么呢？肯定是有某种气质上的契合性，才让他在只见一面的情况下,就决定雇用我。但是,后来我渐渐发现,起初的设想是荒谬的，不仅仅是产生友谊，就连保持正常的雇佣关系，也是荒谬的。林勃不按常理出牌。我感觉他既不把我当成朋友，也不把我当成雇用的管理员，我不知道他的真实目的是什么。他来荔枝园的时间非常随机，想什么时候来就什么时候来，他找到我的时候，几乎没怎么问过荔枝方面的事情。确实，我们吃过几次饭，但聊的都是一些不着边际的话题，而且，他总表现得像一个不可辩驳的权威，每说一句话，似乎句末都存在一个巨大的戳章似的句号。就像这样。没有任何开放的空间。失去了交流的可能。因此，每次见面都是他在说话，我则默默地听着。不知道这样做是否令他满意。他需要的是否只是一个聆听者，或者更准确地说，一个受虐者，一个听从并享受他所有话语、指令和控制的人，就像科幻片里赛博空间中的角色。如果有机会，我会去找那些前任的管理员，我想听听他们的看法，林勃是否也这样对待他们，他们是不是也有这种感受。我一边想，一边偷偷瞥着林勃，他和其他宾客聊天的状态大不相同，相当平易近人，甚至有种难以忍受的粗鄙。他在讲一个跟空姐有关的笑话，是这次旅途中遇到的。讲话时，他左边颧骨旁的一块肌肉不住地抖动，每隔半秒一次，以前我可从来没发现。那块抖动的肌肉，迎着窗户照进来的光线，忽明忽暗，像一个只有黑白两种色块并不断变换着的小魔方。当他放声大笑时，这块肌肉就被瞬间抹除了。掐灭。复归黑暗。我察觉到，不只这块微不足道的肌肉，他身上某些地方也和以前不太一样，和两周前，我上一次见他的时候不一样。本来我对他就不甚了解，现在也谈不上是陌生化的加深，倒是这种差异带给了我复杂的感觉：惊讶，还有朦胧的不安。尽管林勃没再朝我这儿看过来，但我总能感觉到他余光的扫射，非常隐秘。每次被这种余光刺中，我都会心里一跳。他待会儿要来教训我了。我忍不住这样想。

室外传来乐队的声音。这次不是排练，而是完整地演奏一首乐曲，听起来像是老旧的民谣。这时，林勃招呼所有人去草坪上喝酒。客厅里的一伙人一同走出去，我走在人群最后面，经过门口柱子时，我停了下来，有两个人从我身旁走过。我认得他们，都是在县作协任职的作家，一个四十来岁，另一个年纪小一点，三十出头。我们之前有过几次寒暄。我跟上去，向他们打招呼。他们好奇地看着我。也许在他们印象里，我这个荔枝园管理员一直是沉默寡言的，从不主动和别人说话。我从他们的眼神里看到了疑问，便说，这首曲子挺熟悉的，是什么歌啊？

我指的是草坪上传来的音乐。年长的那位回答说,《田野静悄悄》,以前的苏联歌曲,你们小孩不一定知道。我笑了笑,说,难怪了,之前我爸老爱听这些歌来着。年长的作家说,你爸那代人没我们听得多,那时我们上大学,每人手里都有一盒磁带,就是苏联歌曲,那叫时髦,你们老板挺会做人的,叫了那么一帮人,拉这些歌给我们听。我说,是啊。弄这么一次,挺好的,大家都高兴。说着我们走上了草坪,有服务生端着酒杯过来,递到我们手里。年纪稍小的作家抿了一口,说,这酒是法国进口的,霹雳山庄干红,之前我喝过一次,你们尝尝,特别好喝。我们跟着抿了一口。过了一会儿,聊得差不多了,我便问,你们认识孔舒华吗?他们对视了一眼,说,认识。我说,他在我之前当过管理员。他们说,是的,当了有一年呢。我问,他大概是个怎样的人呢?年长那位说,我想想,他个子挺高,瘦,估计是常年抽烟抽的,肺炎还挺厉害,说一句话要咳半天,跟我们也聊得不多。我说,他也不爱说话?年长的作家回答,不,他可不是不爱说话,他话还挺多的,却不跟我们说。我说,他身上有什么特别之处吗?或者说,让人印象深刻的一面?年长的作家说,特别之处?嗯……这个……除了我刚才说的那些,好像没有。我追问一句,真的吗?我的眼睛瞟向那位年轻作家。他也摇了摇头,说,我都快忘了他长什么样了,不过,确实,他属于那种让人根本记不住的人，就是那种……沙滩人。什么人？我好奇地问。沙滩人，他重复了一遍，就是平常去海边浴场，和你一起游泳的有好几百号人，你游泳，连同他们的汗液、尿液……但你就是记不住他们，他们连背景也不是，你游完，一洗澡，什么痕迹都没有了。一个自我消除的人——听他这么说，我心里突然冒出这个想法。我说，这说法挺有意思的，你想出来的啊？他马上摆了摆手，说，不不，不是我的原创，一个法国作家在书上写的。我记起来了！这时年长那位作家突然说，我记起来了，他有一点让我印象深刻，他总是戴着一顶很奇怪的帽子，是不是？最后那句问话是冲年轻作家说的。奇怪的帽子？年轻那位说，我不记得了。对，就是那顶帽子，年长那位说，无论什么时候都戴着它，每次见他，都会看到那顶帽子，好像从来就没摘下过。我问，什么样的帽子？他说，这个，说不上来，就是感觉挺奇怪的，特别是他戴着。我想了想，问，他平时是不是也不怎么换衣服？年长那位摇了摇头说不知道。但是听说他是挺寒酸的，他说，虽然拿过奖，但他的画就是卖不出去，说起这个，林老板可真是个好人，知道他困难，就请来当个闲职，供他生活。老弟啊，说实在的，你这份工确实清闲，林老板跟我们都放出话的，说他底下这职位，就是为了养艺术家的。对于孔舒华，林老板也不求他干啥，说每个月给他画一幅画就行。这些都是开玩笑来的，可谁知道，孔舒华去了荔枝园以后，半幅画都没画出来。我惊奇地说，什么？就是说，待在荔枝园的一年里，一幅画都没有画？是啊，年长作家说，什么都没干。不过即便这样，林老板还是一直养着他，直到后来，发生了那件事，嗯，你也知道。在坡上摔断了腿，我说。两位作家点着头，对视着，陷入沉默。好端端的怎么就摔断腿了呢？我问。不清楚，他们回答，也不是在荔枝园干活的时候伤的，就他自己一个人时弄伤的。我正想继续问，几个人过来敬酒，顿时中断了话题，我也不得不喝几口。这时两位作家和其他人聊了起来，我便从他们身边走开，去自助餐桌。那里已经准备好了馅饼和甜点。有燕麦椰丝球、鸡蛋布丁、南瓜豆馅的酥饼，还有炙烤好的鸡片。年轻的服务生给我递来叉子，但我只是朝桌上看了一眼便走到一边。我认识这个服务生小姑娘，她也几乎不怎么说话。一个中年妇女正在逗玩林勃家里的泰迪。林勃家有两只泰迪，一只灰色一只褐色，但眼前只有灰色的这只。一些人在用手机给乐队录像。更多的人在交谈。无休止地交谈。空中飞过一架飞机，自南向北，一定是从海南起飞的，在地面上还能看到它闪耀的尾翼。等飞机细微的轰鸣声远去，我回过头来，看到了陆陆。啊，是她，就像突然冒出来一样，之前在人群里还看不到她。我不由得心跳加速。她站在一棵树下，从我的角度望去，只能看到她半边身子，还有侧脸。今天她编着脏辫，穿着皮衣和靴子，乍一看还不太习惯。我朝她走去，刚迈了几步，从树的另一面闪出了一道人影，是林勃的情妇。她也在。我停住脚步。她们站在同一棵树下，似乎在交谈着什么。她们竟然在交谈。大大出乎我的意料。但转念一想，其实也没什么，没人规定她们不能交谈。她们不是死敌，至少在外人看来不是。在林勃家的宴会上，两个出众的女人站在一起，聊聊天，再正常不过。每个人都有机会跟任何一个人聊天。如果有两个人在宴会上从没说过话，那才奇怪。我后退保持安全的距离，悄悄观察她们的举动。她们有一搭没一搭地说着话。似乎也不是在说话。她们相互对视，像在玩某种心灵游戏，类似“官兵捉贼”那种，根据脸上微妙的表情变化，猜对方在想什么。她们之间，大概有一种共通的密语，我想，外人根本察觉不出来，就像——古典音乐也是一种密语，贝多芬的《月光奏鸣曲》，屋里那套唱片，埃利·奈伊的晚期录音。我可笑地把这些当成接近陆陆的钥匙。——不是钥匙而是圈套！陆陆对我这样说。林勃布置下的圈套，她说，他就是为了折磨我，羞辱我。可真的仅仅是这样吗？我心想。我回忆起那个下午在陆陆家，那间朴素而谐整的练琴厅里，她对我说过的话。“林勃这个人，远没有你想象的那么简单，你以为他只是你的荔枝园老板吗？”这句话突然清晰地回响在我耳际，承载着她冰冷的嗓音，就在此刻，这个静止、暧昧的瞬间。那天，其实她已把重要的事情讲清楚了，而我当时没有留意。当她说喜欢林勃，我就被一时的情绪冲昏了头脑，那一刻，她讲的其他话都不重要了。她提到的林勃有多么复杂、他的品质、他可以引渡她的才华，都被我当成了辩解和开脱，原因就是，在我看来，她无论如何都不可能会喜欢上林勃这种人。我没法忍受。离开陆陆家后，困扰我很长时间的情绪也是由此而来。情绪使我屏蔽掉了大部分的信息。可是这时，暗中观察陆陆和林勃的情妇，我突然隐约明白了陆陆那些话的含义，那天她把我叫到家里去的含义。她并非是要毁灭我，而是要我清醒。清醒是面对一切的前提。

那陆陆让我调查林勃的情妇是为了什么呢？是她个人的诉求，还是另有目的？这些只能让她来告诉我了。调查也还没有开始。这时，树下的两人停止了交流，各自转身走开，我连忙别过头去，以免被发现。我不知道陆陆有没有看到我，她从我身后绕过，走到乐队前。林勃也正朝她走去，面露微笑，牵着一个八九岁的孩子。那孩子瘦瘦小小的，不太活泼，低头走路，脚上的鞋好像是踩进了泥里，弄得挺脏。陆陆和他们碰头，交谈了几句，她摸了摸那小孩的头顶。接着林勃把小孩交给她，由她牵着，走回小楼里。想必那就是林勃的侄儿，陆陆就是教他弹钢琴。这是我第一次见到他。看到他们的身影在门后消失，我恨不得也跟着进去，恨不得自己就是那个没头没脑的侄儿。他看起来不太开心。林勃正朝我走来，他好像看到我了，我背对着他，手上不由自主捏紧了酒杯，该怎么应对他呢，我慌张地左思右想。但过了会儿，林勃走去另一边了，在餐桌边和一个陌生的年轻女人站在一块，吃着东西，开心地聊天。年轻女人放声大笑。她张嘴笑起来的样子很美，嘴巴的弧度恰到好处，能看到两排整齐紧密的白牙，还有一丝若隐若现的红色牙床，不仅好看，更有一种充沛的亲和力。看她笑过一次后，会暗暗期待她下一次的笑。我一直都羡慕那些笑得好看的人。看到笑得好看的人，会不禁想起我妈，倒不是说她笑得好看，正好相反，她笑得一点也不好看。作为唯一的儿子，我也继承了这一点，成了“不笑比笑好看”（如果有这种标签的话）人群中的一员。这个多少影响了我的性格。每当我照镜子，咧开嘴笑时，看到暴露出来的吓人的鲜艳牙龈，心里就不由深深地自我厌恶。自卑让我很少在别人面前笑，他们一定认为我是个冷漠的人。渐渐地，不只在别人面前笑不出来，独处时，我也不知道笑容为何物了。笑是一种渐渐消除的权利。我想起来，陆陆也很少笑，我还没见过她笑起来的样子，难道也和我有着类似的不笑的原因吗？但愿不是。我觉得已经微醺了，本来酒量就不好。但我要确保自己是清醒的，至少在陆陆面前是。过了会儿，换上来更大的餐桌，服务生不停地忙碌着，正餐要开始了。林勃向所有人宣布了这一消息。各种各样的菜被端了上来，蜂蜜豉油鸡、牛油果青酱海鲜意粉、鹧鸪双肠煲仔饭、小鱼干、水晶虾饺。家庭厨师是从顺德请过来的，林勃逢人就夸。这次晚宴因为是自助晚宴，所以没有安排座位，每个人配了一副餐盘和餐具，可以自由活动。压轴大菜是烤全羊，但我已经吃不下了。我待在之前陆陆待过的那棵茄冬树下，后背倚着树干，回想着刚才飞机在空中飞过的瞬间。夜幕渐渐笼罩，树上的彩灯亮起，在光幕下可看到微小的飞虫在舞动。乐队的曲目换成了李叔同的《送别》，我记得那还是小学时学的歌曲。So mi so do xi la do so，so do lei mi lei do lei。背后人声响动，夹杂着叉筷触碰杯盘的脆声。后院侧门附近的灌木丛随着天色变暗，轮廓逐渐模糊。在荔枝园里，我经历过很多这样的时刻，看着那些树木变得模糊，随后，这种模糊飘进屋里，我坐在床前，整个人也开始变得模糊。我喜欢这样的时刻。我喜欢把手伸到面前，张开五指，看它们从视野里慢慢消失。晚宴上没人发现我躲了起来。本该如此。在这儿，我是一个不存在的人。这时，我发觉将嘈杂的人声当成背景音，竟让这些人声也变得可爱起来，远离实际上赋予了它们张力，构成一个内心宁静和外界喧嚣相互对比的奇妙情境。我特别擅长在喧嚣之中制造宁静。这样的时刻真美。这样孤独的夜晚，在树下，吹着风。我转头向小楼的方向望去，四楼的窗透出壁灯银白色的光。陆陆还在上面教琴。我竖起耳朵，想仔细听辨出从窗户里飘出的琴声，但根本听不到什么。她现在教的是谁的曲子呢？贝多芬、肖邦，还是勃拉姆斯？当她的学生，一定非常幸福。就在我望着远处四楼的那扇窗户浮想联翩之际，陆陆的身影突然出现在窗前，就像月亮的影子猛然击中了一片森林，我差点失声叫出来。她孤独地站在那里，露出了小半个身子。上半身的皮衣透着幽冷的紫光，反衬得面容更加白皙冷酷。她的头微微上扬，实际则在朝下看，她在看什么？我在暗处，她在明处，我能把她看得清清楚楚。从我的角度看，她的五官像素描用的石膏像一样深邃，尤其是两个眼窝，透着冷漠而销蚀的寒意。我不知道陆陆是否发现了我藏身的所在，可我越是朝她那个方向望过去，就越觉得她的目光正是向我射来。她好像真的发现我了。我兴奋又紧张。她的眼神是什么意思？我想不明白也根本无法深度思考，仿佛整个世界都静止了。我呆呆地望着窗边的陆陆，目光一刻也不能从她身上移走，她太美了，这个时刻也太美了。我们远远地对视着，也不知道过了多久。

我突然回过神来：为什么不直接去找她呢？反正没人留意我的行踪，我悄悄上楼跟她见一面，聊几句，也没什么大不了的。陆陆的目光里或许就有这样的暗示。她一定也有什么话想和我讲。比如，调查的事情。想到这里，我兴奋地深吸了口气，趁别人不注意，离开树下，向小楼溜过去。在门口，我听见楼上传来的钢琴声，是林勃的侄儿而不是陆陆弹的，我一下子就分辨出来。陆陆还站在窗边，她应该看到我走过来了。我脱了鞋进去，在玄关口，再一次心跳加速，因为钢琴声越来越近，越来越清晰，即便我知道她在四楼，即便琴音不是她弹的。我沿着楼梯一口气冲上去，差点在一个拐角摔一跤。我最终到达四楼时，一眼看去，陆陆还在窗前，注视着楼下混沌迷蒙的暗处。林勃的侄儿看见了我，吃惊得停止了弹奏。他不认识我。陆陆这才缓缓转过头来，说，怎么停下来了，呈现部的这个连接段不能停，要不断反复。记住，反复，上升。小男孩用手指了指我，说，这个人是谁？陆陆的目光转向我，眼神里反射着一丝惊虑。你怎么在这里？她说。我上来找你，我说，我有话要跟你说。她皱了皱眉，不说话了。我说，你刚才在看什么呢？她说，什么？我说，你在窗边，朝下看，看到我了吗？我就在那棵茄冬树下面。她回答，不，我没看见你。我说，你明明看到了，我也看到你了，我们对视了很久。她摇摇头，我什么也没看到，我只是站在窗前，什么也没看。这时我心想，她为什么总是一种拒人千里之外的态度呢？她说，你找我有别的事吗？有的，我忙不迭地回答。揣在胸前的那张信笺传来一阵灼热，我手伸到衣兜里把它掏出来。这时，陆陆对坐在钢琴前面的林勃侄儿说了一句，小夏，你先下楼玩一会儿吧。小男孩快乐地叫了一声，因提前结束课程而雀跃，蹦蹦跳跳地离开琴凳下楼去了。我把信笺交到陆陆手上，她接过去，看了我一眼，说，我现在打开，可以吗？我说，可以啊。她摊开信笺，上面是我写的一首诗：

一点工作

我比以往更沉默了，不是最近
而是持续性的，今年比去年、去年比前年
更加沉默的这一事实。当我看电视时
赛马选手冲出了赛道，观看着马蹄
在半空腾跃，我因此而变得更加沉默
“致死性的一跃。”* 忘了是谁说过的话语
每次坐在沙发上，一些话语向我袭来
有甜美的瞬间，也有长久的痛苦
它们低沉下去，这种低沉
让我感觉到它们是存在的
肖斯塔科维奇的弦乐，一种绝对存在而又撕扯着存在的声音迫使我不得不凝视，凝视

这股声音，不知不觉地滑入沉默，滑入
一个国家的沉默，我花了比以往更长的时间去凝视它
时间是微不足道的；我每天起床、下床、上床
比任何人都有机会观察自己的身体
但我从来不看它。是不是也是
沉默的一种？无论是面对面的交谈（无休止的交谈！）
还是在社交媒体上，我都怯于发声，我感到羞耻
为自己的声音感到羞耻，为这种假性的诗性而羞耻
为所有人感到羞耻。羞耻。羞耻让我穿上衣服
而不是注视自己的裸体，每个人都穿着华丽的衣服
在电视里，在赛马场，在每一个可能的空间
每一个被话语挤占的空间，他们鼓励我们
要活出我们的痕迹，远比祖先所创造的
更伟大的痕迹。而我的做法正好相反
我每天都做梦，一个个梦美妙无比，却又瞬间
被遗忘，从来不会记下它们，我认为这才是
梦的真正价值：产生，然后被遗忘
就像声音，产生，然后消除；就这样
一年比一年沉默下去，不是一时一刻
而是持续性的、恒久不断的 Gjentagelsen[**]。我相信

自己能够胜任这点工作。

* 源于克尔凯郭尔语，意大利语“salto mortale”。

** 丹麦语，意为重复。

陆陆用了很长时间来阅读这首诗，我站在她面前，忐忑不安地等待着。最后她抬起头时，我也不知道她是否真的读完了。这是你写的吗，她说，诗歌？应该算是诗吧，我说，从体裁上来说。最近写的？她问。我回答，有段时间了，还没来这儿的时候写的。她点了点头，拿着信笺，显得无所适从。你觉得这首诗怎么样？我问她，我就是想让你看看，也没别的意思……她接口过去说，挺好的，我还挺喜欢的，只是，这个题目，是不是可以换个更好的？我问，比如呢？她说，我也不知道，只是觉得，可以更有刺剪感。我没有听懂她说的“刺剪感”是什么。也许是一个音乐上的形容词。她接着说，你提到了克尔凯郭尔，你是个悲观主义者吗？我回答，是啊，我一直是。她说，你诗里面表现出来的，太阴沉了，我不知道现实里你是怎样的，可我总觉得或许你没那么阴沉。我说，为什么这样说呢？她沉吟了一下，说，很多人都容易陷入自我的圈套。悲观主义也是。一个又一个圈套。有时候你觉得低落，不是那件事真的使你低落，而是习惯告诉你应该表现出那个样子，而这个习惯，可能只是来自你某次任性的举动，你本来不那样，但来不及思考其中的含义，就这样，机械而任性地重复了自己。她一说完，我马上回答，不，我不觉得悲观主义背后一定要有多么完美的逻辑，应该说，个体的悲观主义，你的悲观，或者我的悲观，它本身不需要论证。她说，不需要论证？我说，对，不需要，每个人都带着自己的印记，它像一团白雾，自然而然地生在头顶，它是生命的一种色彩。她说，就像与生俱来的某种东西。我说，嗯，悲观可能是一种天赋，也有可能是成长过程中，你不得不接受的东西，比如年幼时你根本没有能力去反抗。陆陆微微点着头，我看到她的手捏着信笺的一端在颤动。好像有什么声音响起，不是钢琴。我有点后悔和她谈论这么一个话题。无论主题还是谈论的方式都有点太严肃了，我们原本的声音、我们的力度，在这种严肃面前被一一掩盖、褪色。可我也不知道谈论什么才好。我一直没想好。上楼时，我想到了一个话题，可现在已经忘了。把一首自言自语的诗强塞给她，本来就是蠢事一件。一旦定下了愚蠢的基调，你很难不把所有事都变得愚蠢。她是否真的喜欢我写的诗，是否因为诗背后的私密性而感到难堪，我都不在乎。我们沉默了一会儿。她突然说，对了，你诗里有一句提到——梦的真正价值，是产生，然后被遗忘，就像声音，产生，然后消除，我挺喜欢这句的，不过——我追问说，不过什么？她眼睛飞快地在我脸上掠过，说，对我来说不是这样的。梦对我来说不是遗忘，而是灵感。你平时写作，会从梦境里获得灵感吗？我苦笑了一下，说，我不写作。她有点惊讶，你不写作？我点点头。得到我的确认后，她有些失望地说，我还以为你写东西来的。我说，没有那种习惯，一般来说，写东西的人就算不把它当成职业，也会保持一定量的写作当成习惯吧。但我没有，就是千年等一回，偶尔想到了才写一写。更多时候是想到了也不会写。陆陆接口说，我也不创作。我之前跟你提过的吧，我并不懂这个，比起写曲子，我更擅长弹奏，不过后来我发现就连弹奏也应付不来。我说，别这样说。是这样的，她说，我可能天生没有创造的细胞，在现实里是这样，大概是一种匮乏和惰性吧，我没有多余的力气去思考。不过，在梦里面，情况截然相反，我的潜能都留在了梦里，我常常会做一种梦，在一个音乐会现场演奏，有很多观众，好像整个国家的人都来听我弹琴了，可我一点也不慌张，特别从容。实际上，在现实生活中只要有一个人站在旁边我就抖得不行。梦里还经常出现一个人，他有时候站在我身后，有时候和琴凳平行，不是指挥，但我知道他是一个跟音乐会联系万分紧密的人，他的神情一直很严肃，严肃得可怕，就像土著民族做的雕像那样，从没见过比他更可怕的人。可我不慌不忙地弹完了整首曲子，甚至不是原本的旋律。弹到后来，自己的旋律越来越多，原来的越来越少，我超常地完成了演出曲目，人群都被震撼了，站在我旁边的那个人也是，他的神情从严肃变得越来越轻松，像一张揉皱的纸被渐渐展开。弹琴时我能观察到他的脸，那种感觉太奇妙了，最后他竟然笑了起来，然后灰溜溜地从台前逃走了。很有意思的梦是不是？还不仅仅是这样。每次醒来，我都能清楚地记得梦境中的旋律，我自己创造出来的旋律。我把它记下来，弹出来，那些美妙的织体与和音一开始让我兴奋不已，可奇怪的是，当第二遍、第三遍，弹了更多遍以后，乐曲渐渐变得索然无味。最后我猛然发现：这本来就是很无趣的曲子嘛！可曲子本身并没变。最初诞生时，就像小孩子一样，白白净净的，要多可爱就有多可爱，到后来，时间久了，弹得多了，就长残了。我不清楚怎么回事，大概是来自梦境的馈赠吧，只适合存活于那个世界，但我知道它们是存在的，不会消失，它们就在我的记忆里。说到这里，陆陆停了下来。她嘴唇翕动，似乎还有一两句话留在嘴边。但最终什么也没说。那些旋律，我问她，你有弹给别人听过吗？她回答，只弹给林勃听过。又是林勃！我心里一股酸溜溜的感觉。他怎么评价？我问。他没有听完，陆陆说，他这么跟我说，世界上居然还有这么无聊的旋律，居然还是你弹出来的，你觉得自己能多忍受一秒吗？

我生气地嚷嚷说，他为什么老是刻意贬低你？陆陆说，不，我觉得他没有贬低我。我说，你还在为他辩护，你一直都在为他辩护，就是因为这个，我才特别生气，你知道吗？陆陆皱着眉说，有什么好生气的，跟你没有关系。我说，你弹给我听好不好，你的那些旋律，那些梦里面的旋律，我特别想听，真的。她摇摇头说，我不会再弹了。每一次她的拒绝都很干脆。我看着她，陷入了长时间的呆滞。她走到钢琴前，把信笺放在琴盖上，在凳子上坐下。白色的信笺放在黑色的琴盖上，显得如此紧张和矛盾，刺痛了我的眼睛。仿佛我们俩的关系。她真的难以接近。我产生了上前将那张信笺扔进垃圾桶的冲动，但我宁愿是她这样做，再过一会儿她还不扔的话，我也不敢担保自己不会冲过去。那张信笺，还有那首诗，我现在根本不想见到。我不在乎。陆陆坐在那里，一句话也不说，好像刚才说话的发条已经走完了。她就没什么话和我说，没有事情吩咐我了吗？调查。对了，还有调查的事情。我们还可以聊这个。她还不知道刚才我和林勃的情妇已经有过一次接触了。于是我开口说，上次提到调查，你还没给我说清楚呢。她仿佛被什么刺到了似的，说道，是吗？我说，你后来就再没给我消息，我一直等着。她沉默了一下，说，我当时是怎么跟你说的？我看着她，不相信她忘了这回事，但还是原原本本重复了几周前她说过的话。听完后，又是一阵沉默，她才开口说，你忘了这事吧。没有调查这回事了。什么？我不敢相信自己的耳朵，为什么？她回答，没什么，我改主意了，不需要你去调查了。我说，你在捉弄我？她说，没捉弄你。我说，为什么？我想知道为什么改主意？她摇摇头，没必要解释。我一下子被激怒了，这次是真的被激怒了。好，我大声说，等着瞧，我不会听你摆布的。不管你是什么目的，我偏要去调查那个女人，这事我决定了，我一定会查她的，你等着结果吧。说完这话，我来回踱了几步，仍然感到很愤怒，我恨不得大喊大叫，用拳头砸向客厅的墙壁，除此之外，我不知道还有什么更好的表现愤怒的方式。我很少有这么愤怒的时刻。终于，我瞥见了琴盖上的信笺，我快步走过去，抓在手里，一下子撕得粉碎。在她面前。刚才我就应该这么做。陆陆一动不动地看着我，她一定也很惊慌,但比任何人都更能克制。她就是自我克制的造物。碎纸屑一片一片飘落在地上，有几片沾到了她的膝盖，又滑落在她脚边。这时，我看到她瞪向我身后，似乎发现了什么不得了的事情。我转过身去，顿时浑身一震，是林勃！林勃不知道什么时候站在了我的身后。应该就刚才一会儿的工夫。当时我处于愤怒之中，根本察觉不到有人上楼。他就站在离我两米远的地方，脸色铁青。这是我见过林勃脸色最难看的时刻。我脑子一片空白，该怎么办？他听到我和陆陆的谈话了吗？我不是没有设想过这么尴尬的情形，但真的发生时，一切反应都显得渺小。陆陆看到林勃后便默默地转过身去,连她也觉得难为情吧。正对着我的楼梯间悬挂着一幅壁画——这时我才留意到有这么一幅画，一幅巴斯奎特的涂鸦，画上鲜艳的色彩和迷乱的线条仿佛在张着嘴对我大笑。

你跟我来，我有事跟你说。林勃终于打破了尴尬的冷冻气氛。我木然地点着头。他转身下楼，我跟着走了几步，在楼梯口，我回头去看陆陆，她还像原来那样背着身坐着。我跟着林勃来到三楼，他朝书房走去，我跟着他一同进了房间。一开始漆黑一片，他开了天花板的灯，暖黄色的。他回身把门关上。一个密闭的空间。跟荔枝园里的小屋一样。不知为何我想起他第一次带我走进荔枝园的情景，我们走进那间昏暗的屋子，也是像这样，他背身关上门，然后宣告这间屋子是我以后的住所。虽然这间书房和我那间昏暗的屋子不是一回事，甚至有天壤之别，但此刻我身处其中，不自觉将它们联系起来，大概是因为，在这两种不同的情境中，我都同样感受到了无法摆脱的囚禁感。这间书房，我已经是第二次进来了，这事儿估计林勃永远也不会知道。书房空间不大，但三面墙都是书架，一直通到天花板，房间中央摆着一张黄花梨方桌，同样摆满了书，到处都是书，无形的引力场吞纳着数不尽的书籍，使人错觉无论多少，这间屋子都能装下。房间里堆满了书，我和林勃只能站在门附近，关门之后，就贴门站着，我后退几步，抵靠着桌子，即便如此，我们之间也仅有几步的距离。我甚至感觉彼此的气息都呼到了对方脸上。不过相比之前的尴尬，此时我已放松下来，做好了面对的准备。林勃和我面对面站着，过了一会儿，他才开口，你知道我找你来，是为什么吗？我回答，不知道。他说，你应该猜到了。我说，因为刚才的事情？他说，你听着，刚才那一幕，我可以当成什么也没看见，我不管你和她是什么关系，你们聊了什么。但是，荔枝园的事情，我必须管。荔枝园的事情，我心想，果然是为了这个。可他真的不管我和陆陆之间的事吗？我不信。但我还是硬生生把一些话从喉咙吞了回去。我说，你知道荔枝园里的事了？他说，我知道。我说，我没告诉你，虽然我知道得早。他说，这我也知道。我说，是我的责任。我应该看好那些树，也应该及时汇报。他说，可你一件都没有做到。我说，我说了，是我的过失，我愿意接受惩罚。他摇摇头，不，我还没打算惩罚你，现在我只要你做一件事，把真正的肇事者给我查出来。——难道在他那里，还有“虚假的肇事者”吗？林勃的话让我产生了别的想法。又是一桩调查。新的调查。我其实不是荔枝园管理员（确实不像），而是一个免费的私家侦探，是吗？我很快就答应了他，好啊。他说，只要你查到肇事者，咱们就一笔勾销。我说，一笔勾销？他说，一笔勾销。我说，期限是多长时间？他说，一个月。一个月！我叫道，时间太紧了。他说，只能给你这么长时间。我说，如果，我是说如果，到时候查不出来怎么办？他没有回答，只是说，我会尽量协助你。接着林勃笑了起来，他笑的样子似乎笃定我不可能查出什么结果。虽然这种感觉很奇怪，但我不得不也跟着笑了笑，这时，他收住笑容，转过身去打开房门，似乎谈话已经结束。我有些意外。他先迈了出去，在门口，突然开口，一个月，你记住了，不能再出任何岔子，否则……到时候会有惩罚，真正的惩罚！他再次笑了起来，你知道那是什么吗？没等我回答，林勃抬脚顺着楼梯离开了。我站在原地，他的笑始终让我很不舒服。我不清楚他口中“真正的惩罚”是什么，但我相信它是真实存在的，那是椭圆形的、模糊的、关于危险的想象。可他那玩笑的口吻再一次让我感受到了玩弄，和在四楼陆陆的玩弄相比，有过之而无不及。我在楼梯口，仔细倾听，楼上一点动静都没有。没有钢琴声。什么声音都没有。可我不敢再上楼找她了。我沿着楼梯下去，楼下同样是一片死寂。仿佛热闹的假象一下子散去。走到一楼大门口，才听见外边传来的稀稀疏疏的人声，镀了一层毛玻璃色的声音。乐队已经撤走，宾客们三五成群在院子里，晚宴也已经差不多结束了，服务生过来收拾桌椅。在树下，在彩灯下，所有人都是喧嚣的、略带疲惫的共同体。我远远地站着，踩着他们所辐射的边缘，一点也不想加入。可我记得在楼上，跟陆陆说过的话，我说我会对林勃的情妇调查下去。尽管这个调查没有目的，没有方法，也没有意义。那个女人，我还不知道名字的女人，也许就在人群里面。她理应在人群里。我把此前在天台上和她的接触当成一个偶然的插曲，那个独处的她并非是她的常态，至少在我的印象里不是。我悄悄走到人群中间，果然看到了她，和一个四十来岁的女人站在一块。我想，盯紧她就行，这个夜晚我就盯着她。林勃不在场。她似乎和每个人都交谈过。我就这样，盯着她，直到宴会结束，宾客们陆续离开。这时候姓陈的管家走到林勃的情妇身旁，跟她说了几句话。林勃还是没有出现。陈管家送我们从大门离开。

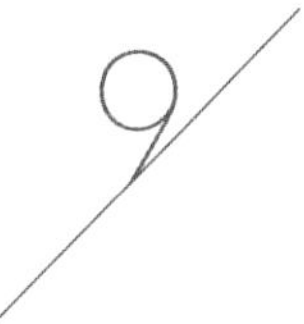

宾客们各自散去。有的人开车，有的人骑摩托车、自行车，还有一部分人走在大路上，路的尽头有村巴可以搭乘。我走路就能回去，便跟在人群后。令人诧异的是，林勃的情妇也跟着走出了大门。以往她都是留在林勃家过夜的。在大路边，我偷偷回身望去,她和管家在大门口说着什么。我总感觉有些不寻常，于是找个机会躲到路边的草丛里，耐心观察他们的动态。过了会儿，所有宾客都已经远去，管家回身并把门关上，只剩林勃的情妇站在门外。她朝大路的方向走过来，脚步蹒跚，像是有点醉意，等她走近我才发现她手里提着一个黑色的塑料袋，鼓囊囊的，看起来装了不少东西。她从我面前经过，沿着大路往前走，不久后拐上西边的小路。我连忙小心地跟上去。她手里提着什么？这么晚了一个人要去哪儿？我越想越觉得蹊跷，全神贯注地盯着她的身影，以免天色昏暗跟丢了。大概走了一公里，她由小路拐向荒野和田地，跟踪变得更困难。夜里几乎没什么光亮，走在田垄上她打开手机的手电筒，在前面利落地走着。而我只能摸黑跟在后面，因为看不清地面情况，摔了好几跤。她好像对这段路很熟悉，我相信即便是同等的黑暗，她也会比我走得快得多。我的手掌被青椒地里的竹架子护栏划破了，脚也扭了一下，但我丝毫不敢放松跟踪。她披着白披肩的背影远远看去有些诡异，在手电筒的光照下，远离光源的脖子、大腿仿佛渐渐褪去颜色，消隐在夜色里。又走了一段，地势逐渐走低，前面黑漆漆的一团，似乎是树林，路面也越来越难走，一不留神就碰上干草丛里露出的石块。我突然产生了奇怪的感觉：前方是一个巨大的湖泊，而我正走在坎坷的河道里。但事实上，前方不大可能会出现湖泊，别说湖泊，我们这地方几乎没什么大的池塘。但也有可能我正走在一条干涸的河道里。总觉得自己走入了某个似曾相识的电影镜头。前面有个陡坡，林勃的情妇沿坡下去，下坡前她回过身来，扫视四周，还好我早已躲进了草丛，没被她发现。等她的身影消失在坡面上，我才走出来，这时我发现刚才看到的那片黑魆魆的树林还在更远的地方，它包围着这块洼地，却给人一种长在身旁、触手可及的错觉。我小心地沿着土坡下去，底下长满了齐膝的野生灌木。这时候好像失去了她的踪影。我顺着土坡的一端走了几步，发现前面坡面的凹陷处透出了一点点光线。我跨过一道土坎，顺着土坎望过去，露出了一个黑乎乎的洞穴。我记得这是以前留下来的防空洞，光正是从里面透出来的。莫非林勃的情妇进去了？我抬脚朝洞里走去，身体紧贴着墙壁，走了几十步，光线越来越强，左右两侧各出现了一个斗室。这时我听到了声音，一种很奇怪的、既不像人也不像是动物发出的嗬嗬声，我感到一阵毛骨悚然。光线和声音都是从右边的斗室传出来的，空气里还有一股难闻的酸臭味。我蹲下来，往里面窥探，里面的情形让我霎时张大了嘴巴——一只大铁笼，紧靠在斗室墙边，里面关着一道黑影，好像是一个人，不，准确地说已经不太像是人了，四肢着地，伏在地面，嘴里发出奇怪的声响。瞧不清面容，但想象得到一定非常可怕。笼子前的地上放着那只黑色的塑料袋，就是林勃的情妇带来的那只。她就站在旁边，背对着我，不知道在想些什么。她难道不害怕吗，居然一个人到这种地方来。铁笼里的人又是谁？这时我听到她开始讲话，阿伯，林勃今天不舒服，我代他看你来了。她顿了一下，又说，你还记得我吗，我是蒋莎。铁笼里的人没什么反应，只有鼻孔咝咝的透气声。这个叫蒋莎的女人露出了些许不耐烦的表情，低着头，手掩着鼻子，原地踱步，过了一会儿，又开口说，阿伯，虽然你不说话，但我总觉得你认得我。你也认得林勃，真正的林勃。其实你心里透亮得很，早知道经常带吃的来的人不是他。那是他管家。林勃不敢面对你，这是真的，所以才叫管家冒充自己来给你送吃的。不过，蒋莎接着说，你是不可能认不出他的，他就是害怕、懦弱，没几个人瞧得出，他在外头表现得太强硬了，他把这点隐藏了起来，但我能瞧得一清二楚。我和他走得太近了，阿伯，但我好像又和他隔得很远。他快疯了，太多的东西，他承受不住，他设计的这个局……看起来这是他设计的，别人都这么说，他建起来的荔枝园……他好像把所有东西都投了进去，包括他自己，已经摆脱不掉了，关于荔枝园，关于荔枝的噩梦……阿伯，我也不知道自己在说些什么，我爱他，我求你帮帮他，这个世界上能帮他的只有你了，帮他摆脱这个不堪重负的噩梦，历史的噩梦！你一定能和他说上话……好几次，我看到他在半夜里哭……

蒋莎一口气絮絮叨叨讲了一大堆，像是自言自语，也许她不是第一次在铁笼前对着这个人说这些话了，从口气里听得出来有某种长久而规律的折磨和痛苦，这些思虑让她说话时的声音都变了。这时，笼中那道黑影突然嘶叫起来，蒋莎吓得后退了一步。她是害怕的，从一开始身子就在发抖，即便来了很多次，她仍然害怕，但即便再害怕，她也有不得不诉说之事。黑影在铁笼里四处走动，一会儿抓挠墙壁，一会儿用头顶着笼子栏杆，显然刚才那毛骨悚然的声音就是他发出来的。蒋莎说，我知道啦，阿伯，你要先吃荔枝，我差点忘了这事了。说完她俯身从地上的塑料袋里拿出一束荔枝，从栏杆间伸进去，那人一把夺了过去，开始狼吞虎咽地吃起来。他吃荔枝的习惯和正常人不太一样，一般人都是先剥皮再吃里面的果肉，最后吐果核，他则是把一整个荔枝放嘴里，嚼一通后再把果皮和果核一块吐出来。他一边吃，一边唧唧地叫着，很快就吃完了一束，还想再要，蒋莎又拿出一束丢进铁笼里面。手机上的光照亮那人的脸，那是一张凹凸不平的变形的脸，苔藓似的须发麻乱地长着。看到那张脸的一瞬间，我差点惊叫出声，尤其是他吞咽荔枝的模样，竟让我产生了强烈的反应想要呕吐。尽管拼命克制，我还是弄出动静被蒋莎察觉到了。她拿着手机朝门口走来。我连忙回身，向洞口跑去，前面黑暗一片，什么也看不到，但我顾不上了，只是撒腿狂跑。身后传来林勃情妇的声音。估计我的背影还是让她看到了，不知道她能否认出来。不知跑了多久，我还一直觉得自己在洞里面，那种令人绝望的囚禁感，比任何时候都更强烈的囚禁感，充斥着全身的神经。我几乎看不见任何东西，直到前方突然蹦出一片树林，黑魆魆的，我这才停下脚步。不知不觉已经跑了这么远，我甚至不知道自己在哪里。我大口大口地喘着气，出了一身虚汗，这时盘桓鼻腔里的那股洞中的酸臭气味才渐渐消散。我亲身经历了一场噩梦。“历史的噩梦！”蒋莎说的话仍回荡在耳际。事实上，我对这个词是挺纳闷的，我不知道其中的含义，尤其是她提到这个词语时的口气，一种不容置喙的、审判的口气，预示着压在箱底难以触及的灾难。那番话里包含了太多的信息，我无法一下子解读出来。我在树林里一边休息，储蓄体力，一边回忆着刚才洞里的所见所闻。所有问题都指向一点：关在铁笼里的人是谁？只要把这个弄清楚了，很多疑问便迎刃而解。所有的痛苦：林勃不敢面对那个人的痛苦，建造荔枝园的痛苦，林勃的怯懦，情妇蒋莎的烦恼，还有那个——“历史的噩梦”，要想解开这些痛苦的谜团，必须弄清那人的身份。没有想到今晚会有这种遭遇，就像触及了一座冰山，发觉海面下的艰深宏大的同时，意识的游轮也销毁四散。一踏进荔枝园，我便遇上了各种各样的疑问（其实我早就有所察觉，我比大多数人都敏感），这座园子，还有这份工作，确实存在着很多谜团，但我没太当回事，或者说，还不觉得它们严重到会威胁自己。但这些幼稚的想法在今晚之后就不复存在了。我隐隐感觉到，荔枝园，或者说整件事情的背后，隐藏着一个不小的秘密。这个秘密对每一任管理员来说，都算是天大的秘密，因为他正处于风暴之眼。一个可怕的念头在我心里浮现。不仅仅是我，应该是每一任管理员，都会被卷进去，而且是在毫不知情的情况下。从头到尾都不知情的情况下。我算是比较幸运的，为今晚的奇遇而感到幸运。今晚的奇遇就像是从某个电影里头走出来的一样，即使不是史云梅耶式的，至少也是寺山修司式的。我把手机掏出来，打开手电筒，一步步地摸索着回去的路。这个过程也许会很长，这条村我一点都不熟悉，我都没怎么去过荔枝园以外的地方，只能凭借来时模糊的记忆辨认方向。从小我的方向感就很好，很幸运。而且我差不多算是地理专业的，没怎么迷过路，这算是我最值得骄傲的技能。我想到一件事，得去找那些前任的管理员，或许能得到一些线索。那些前任管理员引起了我强烈的兴趣。三个，还是四个，加上我自己，或许是五个管理员，但不一定能找全。他们不一定会告诉我什么，但仅仅是他们的身材、长相，还有个性，我都特别想了解。我们五个人站在一起时，会是怎样一种场面。回去的路上我一直在想这一件事，不能想别的，我告诉自己停止其他一切思想，因为再思考下去我真的会崩溃，会发疯，甚至会呕吐出来的。我又冷又倦，此刻只想找到我的床，爬上去，一动不动，好好睡一觉。什么事情都等明天再说。在回到屋里之前，我一直觉得自己还在那个洞里，尽管已经逃出来了，到处都是黑乎乎的。可我想要回去的那间屋子，不就是另一个洞穴吗?

当晚，回到荔枝园已是凌晨两点多，我在床上躺下后却失眠了，直到第二天十点多才起来，头痛不已。一闭上眼，我就不禁想起那个铁笼里的人，不知道“人”这个词用在他的身上还合不合适。想起他吃荔枝的模样我就难受。就像一个饿了好几天的人看到食物一样狂热。但我相信他并不是几天没吃东西，只是对荔枝狂热，大概是一种很特别的情感，或者说，癖好。他似乎离不开荔枝。当然，这只是我的猜测。第一次和林勃见面时，他就给了我两袋荔枝，黑色的塑料袋，里面装着很多荔枝，我对这个印象很深刻。他还说，自己不喜欢吃荔枝，我记得他说这话时那种厌恶的口气。一个荔枝园老板不喜欢吃荔枝，没错，没有规定他必须喜欢吃荔枝，但当时他给人的感觉是对荔枝本身纯粹的排斥。那他为什么要修建这片荔枝园？这座园子，他费心建造起来的小天地，对他来说意义何在？这次我在园子里活动时碰到那些工人，明显感觉到他们与我的对立和疏远,比之前更甚。虽然彼此都装作若无其事。他们还像以前一样，中午用餐后就三五成群地聚在树荫下，玩起牌局。我则远远地站着，不再凑过去和他们一块玩。我甚至觉得他们不是单纯在打牌，打牌只是个幌子，他们竟然要制造这样一个幌子迷惑我，不管站得离他们多远，我都能收到牌面上反射过来的冰冷的眼光。我正式被监视了。除了待在屋子里我无处可去。即便避开所有人，在园子里独处，我也浑身不自在，树上每一片叶子的响动都让人心生警惕。冬天的荔枝园非常寒冷,荔枝树各自分散,并不防寒，站在树下，阴森森的气息侵蚀着皮肤。下午我还特意去断树附近瞧了瞧。不知道什么时候，那几棵断树周围支起木棒架子以防倾倒，大概是林勃安排工人干的，而我全不知情。它们还能再生长吗？我独自面对荔枝树时会暗想：到底是哪个环节出了问题？我和这些荔枝树的联系一下子断裂掉了。我辛辛苦苦、花费了这么多时间和精力建立起来的和荔枝园的联系，这么轻松就被毁掉了，而之前我还觉得很牢固，还对此抱着某种美好的幻想。我幻想着这片荔枝园能成为心灵上的乐土，通过认识每一片树叶，通过施肥、灌水、剪花穗、在园子里干活，成为荔枝园的一部分。通过这些联系,我以为能得到最终的满足,至少是接近终极的满足,实际上,我确实多少达到过那样的满足,让我暂时从个人的精神危机里逃脱出来。而如今，一切都不复存在。相反,这座园子滋生了新的精神危机……变成了一种噩梦。噩梦。真是太准确了。从林勃情妇的口中，唇齿之间交碰而出的准确。她在洞穴里说的那些话，我都记得一清二楚，够我琢磨上一段时间。但其实印象更深刻的是她自言自语的状态，在那种境遇下，大概是种“冷酷的美”，我不知道这个形容对不对，因为我也常常自说自话，仿佛好几个人在辩论，完后自己都不记得说了些什么，不过这不重要，重要的是进入那种状态，迷人的自我的内在状态。我在蒋莎身上看到了自己的影子。似乎是难得却又稀松平常的事情。所有人都是一团模糊的影子。人和人在相互复制和重复。不仅从别人身上看到自己的部分，也在模仿他人。有一种大家都知道的说法，“世界上没有两片叶子是完全相同的”，这句话也可以反过来说：没有两片叶子是完全不相同的。我从小就善于模仿，模仿别人的声音，模仿别人的字迹，上学时和同学最多的交集是：有人需要伪造请假条，就来找我帮忙，让我模仿老师的签名。这件事很早就让我觉得，模仿能使我获得意义。人不一定非得有自我，我就常常感觉不到自我，很多时候我觉得自己是陌生的，偶尔，自我也会冒出来，但它冒出来时，我就会感到深深的羞耻。因为我发现解释自我实在太困难了。

其实，林勃交代的任务，查出伐树的肇事者，我并不是没当回事，而是这件事本身有一种强烈的反讽感，在目前我遭遇的新的精神危机中（不知道不久的未来还会有怎样的危机），他所说的“真正的惩罚”也变得没那么吓人了。或许仅仅是恐吓。我不清楚如何着手调查。一丝线索也没有。闯进来砍树的那些人，连影子都没见过。我也不是专业的刑侦人员，这种案子，估计他们也会觉得棘手。难道要我每时每刻都紧盯着园子里的树木，等那些人下次作案时再把他们逮个正着吗？这跟等待一场地震没什么分别。他们未必再来。林勃昨天说，会尽力协助，但我相信他只是随口说说，从口气来看，他笃定这份调查会黄掉，林勃是故意这么做的，故意给我安排一个不可能完成的任务。西西弗式的任务。他怎么会帮我呢？晚上我从园子里捡了一些干柴，在屋子里生火。只有野生的火焰能让我心情平静，哪怕只是注视着它。我打开音响，播放勃拉姆斯的《第三交响曲》，伯姆指挥维也纳爱乐的版本，音乐和温暖充斥了整间屋子。如果选择一位最喜欢的作曲家，我铁定挑勃拉姆斯，就算去荒岛也铁定带上他的音乐。听到第三乐章，我浑身战栗发抖。并不是因为冷，听勃拉姆斯根本不会感到寒冷，相反，是一种持续的焐热，他的《第三交响曲》的第三乐章，可以说是我听过的最优美的旋律。当然，我没听过太多，但这就是我听过的最好的，是一个男人所能达到的最大限度的浪漫和温柔。第二天醒来，我没之前那么难受了，好像夜里还做了梦，但我精神振奋，思维比前些天清楚，大概很多事情我已经想通了，但还没意识到，在潜意识里、在我左右彷徨的时候，另一个意识已经捋得一清二楚。不能坐以待毙。总有一个突破口。那就是蒋莎。我必须找到她，不管以什么方式，我先从她身上着手。我做好了准备，出门朝林勃家走去。半路上，我却突然接到一个电话，一个陌生的号码。这段时间没人给我打电话，也没有信息，就连诈骗的信息也没有。我仿佛被外界屏蔽了。我妈也没找过我。我接通电话，是一个年轻的女声，是关先生吗？我说，是。对方说，您母亲住院了，您知道吗？我丈二和尚摸不着头脑，转念一想果然是个诈骗电话，刚想挂断却又忍住了，也许是因为太久没和别人在电话里交流了。我回答，不知道。对方说，您母亲现在在县第三人民医院住院，请您今天来住院部办理手续。我说，现在吗？对方说，是，请您今天务必来。我说，我妈怎么住院了？对方的音量有一些提高，你妈怎么住院了，难道你自己不清楚吗？这时我心里已经相信这回事了。对方接着说，胃溃疡出血。住院一个星期。请你今天尽早来。说完就挂了电话。我放下电话，发了一会儿呆，感到一阵阵羞愧，我竟然把我妈给忘了，她可是我在这世上唯一的亲人了，我甚至记不清上次和她交流是什么时候了。那次相亲过后，我越来越有意躲避她，我和我的妈妈，我们之间的联系在一步步地减弱、断裂，我都没有意识到，而这个过程似乎很早就开始了，从我一来荔枝园就开始了。我全身心投入荔枝园，实际是在逃避外界。逃避。也包括了和我妈的联系。冥冥中有一些巧合。很快地，我和荔枝园的联系也断了，也包含着除此以外的其他一切联系。荔枝园仿佛是一个消音器。我快步朝搭乘村巴的站点走去，等了十来分钟，终于等到一辆车。等车时我连给我妈打了五六通电话，她都没接。就像以前她给我打了无数电话而我没有及时接一样。现在角色换位了。在车上，我越来越焦虑，全写在脸上，搞得邻座大婶以为我内急难忍。还有三十分钟就到站了，她提醒我。我冲她道谢，转过身去，攥着手机的手里全是汗。窗外景物不断后退，在这种熟悉的景色的穿梭之中，似乎隐藏着不可知的信息。

10

我妈在单独的一个房间里，两张床位，另外一张空着，之前在上面躺过的那个人刚出院。护士领我进来时，房间里还有一个人，一个跟我妈年纪差不多的女人，相貌有些丑陋，龅牙，头发极短，身材也很矮小，大概一米五都不到，进门时我以为她坐着，但其实是站着，很拘谨，双手交叉在腰前。我妈告诉我，这是小区里的邻居，月婶。护士告诉我，是月婶陪我妈来医院的，还好有这么个照应，我应该好好感谢月婶。可我从来没见过这个人。我妈解释说，月婶住在小区西边，是木菠萝树旁边那栋小楼，楼主张老师的老婆。没想到她还认识张老师的老婆，还有那个叫张老师的人，我从没听说过。从小到大，我和我妈之间的语汇里就没有“邻居”这个词。我们不和别人交往，别说这个小区，在整个县城里都没有朋友。我们这个单亲家庭，是孤立于这个城市的另一个次元，八十平方米大小，恰好是我家的面积，这是我长久以来的感受。这个月婶仿佛是不曾存在、却又突然冒出来的人。整个过程里，她几乎一句话也不说，我道谢后，她一声不响地走了出去。我坐了一会儿，气氛有些安静，我还没吃早饭，肚子很饿，我妈坐在床上，后背靠着床头。我看了她一眼，说，你不能这么坐着。她说，嗯？我说，你不能这样靠着床头坐，躺着吧。我妈依言拉起被子躺了下去，眼睛注视着天花板。我说，你该跟我说说，是怎么回事。过了好一会儿她才说，什么怎么回事？我说，你这病是怎么回事，身体不舒服，你应该早些告诉我。她说，告诉你也没有用。我说，怎么没有用？她说，告诉你就能不得病吗？我说，你告诉我，我好早点回来照顾你。她笑了笑，别提这个，你连自己都照顾不好。我说，我能照顾好自己，也能照顾好你，当初你叫我回来，不就是为了这个吗？她突然绷起脸，似乎被什么所触动，摇摇头。我说，难不成是为了这破工作？她说，这工作不好？我说，不好。她说，你跟我说说哪里不好。我妈说这句话的时候真是温柔死了，就像上学第一天我跟别人打完架，哭着回家，躺在她怀里，她仔细问我哪里打疼了。我差点脱口而出说，好，我告诉你。但我怎么可能把荔枝园里的事说给她听呢。我已经陷进去了，而且有种强烈的感觉，一旦我把那些事情告诉我妈，她必定也会随着我陷进去。无论是通过亲情的纽带还是语言的纽带，我得保持沉默，噤声，以免灾难在声音里扩散。我走到床前，我妈眼睛朝上直瞪我。我说，现在什么感觉？胃还疼吗？她摇摇头，没什么感觉了。过了一会儿，她说，我困了。于是我走出房间，关上门。我走到走廊上，左手下意识做了一个掏烟的动作。但其实没有烟了，医院的走廊里也不允许抽烟。这两个念头几乎同时产生的。可我很想尝尝那个味道。我走到楼下的吸烟区，那里已经站了五六个人，每人手里都夹着烟。一个三十来岁的男人，板寸头，穿着绿色毛呢外套，面朝门口，盯着墙面上方的通气口出神。旁边一位老伯在玩手机。还有两个人站在角落里，身高相仿，穿着后背绣金纹的同款黑色棒球服，看上去即便不是兄弟也应该是朋友，但彼此一句话也不说。我在这儿站了一会儿，手一直插在裤兜里。其他人都很诧异。我眯着眼睛，装作什么也没注意到，又吸了几口烟气。我的存在让其他人有些紧张。穿绿色外套的男人咳嗽了几声。平时我会非常在意别人的感受，但是这时候，我比其他任何时候都不关心别人，过了十分钟，我心满意足地走出去，房间里已经换了一拨人。我回到走廊上，又站了一会儿，接着坐电梯到下一层，在每一层的走廊里都待上一会儿。每一层走廊看起来都差不多，一条明朗、开放、多风的管状通道，没有意义上的差别，也没有什么开关，只有观看的人心理上是闭合的。走廊上走动的人从我身旁经过，或者是我从他们的身旁经过，我觉得自己没有被看到，我是隐形的。我消失了。我闭合。跟刚才那位月婶一样。这个称呼现在读起来还是感觉怪怪的。这个称呼大概也是不存在的。从医院到我们小区，从小区到整个城市，从这个城市到所有的空间，证明我们存在过的依据是什么？如果我们的存在必须依靠别人的眼睛证实，就得承认，监视着所有人命运的，是一双超越我们之上的眼睛。而这样的一双眼睛，真的存在吗？我不知道。我只知道，我妈是这个世界上唯一能证实我存在的人。只要跟她说几句话，我就有种必然的、平静的满足感。我肚子越来越饿，得吃点什么。走出住院部，医院大门口有个卖煎虾饼和紫薯丸子的小摊，我买了两块饼、一碗丸子，可还觉得不够吃。今天的太阳特别晒，一点也不像冬天，一缕缕烟纹在水泥地浮动着，路边的树木在暴晒下显得异常安静。吃完东西我出了一身汗，一口气从一楼爬到十楼都不会出这么多的汗，今天有点奇怪，很多事情都偏离了日常的轨道，可是问题在于，什么是日常的轨道？问题在于，也许本不存在所谓的“日常”。都是人造出来的。我不相信。

中午我回到病房，在我妈旁边的空床上睡午觉。她应该知道我回来了，但没有睁开眼睛。我在床上翻来覆去，没有睡着，但觉得自己在做梦，一个微弱的、仿佛溺水的梦境，可我从来没溺过水，小时候在水库里游泳时也没有。睁开眼睛时，我发现邻床的妈妈也睁着眼。不知道她什么时候醒的。我们睁着眼，躺着，过了好久都不说话，害怕扰乱这种平衡和安静。即便这平衡和安静是我们造出来的。仿佛睁着眼睛不说话，也能假装自己是正在睡眠的个体。过了一会儿，病房里的闹铃声响了起来，护士从外面走进来，给我妈换吊瓶。整个过程里，三个人都不说话。好像一瞬间就完成了。一个沉默的程序。我妈很机械地抬手，抬头，翻身，脸转过来对着我。换好吊瓶后，护士走出了房间。总得说点什么吧，我心想，不知为何我心里有些慌张，像憋了很久的气要一下子吐出来，梦里的感觉一直延续到现在。我发现，我和我妈相处时，交流是非常困难的，之前没有深刻意识到这个情况，或者说，相比在家时，现在困难加重了。很可笑吧，我们本来就是两个有交流障碍的人。从窗口传来楼下水泥搅拌机的声响。我从床上坐起来，这时，听到她幽幽地叹了口气，有时候我会一个人想，把你培养起来的方式是不是对的。我没听错。她说了这样的话。我很吃惊，印象中我们的对话是不会出现这种内容的，我甚至忘了我们说过什么话。一对母子，彼此说过的话在下一秒就烟消云散，好像也是理所应当的。我说，那什么才是对的呢？她说，你应该更喜欢你爸一点吧。我说，我不知道。她说，确实是的，你更喜欢他，喜欢得多，他也喜欢你。我不作声。她接着说，还记得吗，你还小的时候，大概四五岁，夏天特别热，到了晚上还是跟我一块睡，你老爱伸手摸我胳膊。我瞧着我妈笑了起来，我也想起了这件事，说，因为那儿凉。我知道，她说，可我不喜欢你摸，那样我没法睡。有一次，屡次警告不听，我就打了你，把你赶到你爸那边跟他睡，从此你就一直和他睡了。我想就是从那时候起吧，你和他的关系就比和我更亲近了。四岁以前你更喜欢我。我说，其实和我爸睡之后，我也不摸了。他胳膊能让我随便摸，也很凉快，可那不是一回事。说完这话我很惊讶，我和我妈竟都对这件事记得这么清楚。如此真实，如此确凿。一把正确的钥匙平稳地放进锁孔。大概就是这种感觉。她说，如果当初走的人是我，你和他过，是不是会更好些？我说，说什么呢，走的人是他啊！是他自己要走的，他要丢下我们才走的啊，我怎么可能跟他一起过。她说，我是说如果。我说，不存在如果，事实就是意义，没什么好讨论的。她说，可我觉得你不开心，我不会教孩子，你爸会，他比我会得多。我说，没有这回事。她说，我只能管你一日三顿吃饱，我学历不高，在精神上教不了你什么，给你的都是些负面的东西，那些负面的情绪，我给你的影响太多了。我说，我现在不是挺好的吗。她摇摇头，脸色很难看，不，你不懂，我都不知道……自己是不是喜欢你，喜欢自己的孩子，你爸或许比我更喜欢你，真的，就因为摸胳膊这件事，我想起来都觉得……挺自私的，已经很明显了，很明显了。她一连说了两个“很明显了”。我看着我妈，不知该说些什么，她看起来很痛苦。自责吗？也许不仅仅是这样。或许我无法抵达她那种痛苦。每个人的痛苦都有自己的印记。我没有培养过孩子，我不知道，但是没人生来就会培养孩子的，对大部分人来说，一辈子只有一次当父母的机会。和我妈一起过的这些年，是好是坏，我默默思考着这个问题。因为她古怪的个性、狭隘的观念，我确实接收了很多负面的信息，某些方面也渐渐被同化，可哪里有毫无缺点的人呢？我想，这个问题本来就是没有所谓的答案的，现在的我就是全部的我，既是“已成为”这个样子，也是“应成为”这个样子。于是我对她说，我觉得自己现在足够好了。她摇摇头。我说，哪里不好，你跟我说，哪里让你不满意了。她说，你不像个男孩。我说，不像男孩？她说，不像，你太阴柔了，像个女孩子，可能是因为我一直把你当女孩来养，最初我是想要女孩来着，也可能是我自己影响了你。我说，妈，你这想法过时了。她说，怎么过时了？我说，像女孩子又怎么了，不像男孩又怎么了？谁规定男人就得像男人，女人就得像女人？她睁大眼睛瞧着我，说，天经地义，不是吗？你不那么做，人家怎么看你？我说，管他们怎么看，我就不明白，男人为什么不能柔软，总是有人说，男人要是痛苦了，别哭，眼泪憋回去，藏心里头，这是不对的，有痛苦为什么不直接抒发出来呢？为什么不好好哭一场呢？性别主义就是相互观看，就会有分歧，有痛苦，这是一切的根源，我们为什么要沦为被观看的对象呢？

我妈没有办法反驳我。她也无法理解。下午，我扶着她下楼走走，住院部大楼后面有一块长方形的草坪，一些鸽子在草坪边缘走动，是附近养鸽人的鸽子，每天都有穿着制服的保安在赶，但怎么赶也赶不跑。看着赶鸽子的保安，我想起了自己。穿过草坪时，我妈说起一件关于我爸的事，不知道是临时起意还是早有准备，反正对我来说，她提起这件事的时机有点奇怪，奇怪的是这个时间点反而不是她所提及的内容。她问我，你知道你爸最后悔的一件事是啥吗？我说，不知道。她说，你爸最后悔的事是揍了你爷爷。我很有些惊讶。我从没听过这件事，事实上我妈很少在我面前主动提起我爸（或者我爸那边的亲属），甚至在我们的交流里，关于他的很多东西都属于禁忌，我都习惯了用“他”这个人称来指代我父亲，每次我提起“他”时，我妈总能第一时间领会。这奇妙的语境取消了信息嵌含所必需的时间。多好。我们走到一棵树下，我妈告诉我这件事的来龙去脉。在你爸还只有十岁出头的时候，她说，你爷爷被当成反革命分子抓起来批斗，就是你爸和你奶奶去镇里举报的，其实就因为你爷爷在饭桌上说了一句话，一句现在看来无关紧要但在当时性命攸关的话。这句话说出来、完成的一刻，这个家庭就由饭桌的两边分裂成了你爷爷在一头，你奶奶和你爸在另一头。第二天，镇上就派人来抓人，麻绳捆得他肩胛骨咯咯作响，批斗的时候，村里每个人都有机会在他脸上扇一巴掌，在胸口上捶一拳。平时仇恨爷爷的人自然恨不得使出吃奶的力气，但那些平日里像是铁哥们的人，下起手来和其他人也没什么分别。这是个无差别的情况，每个人都想通过无差别的拳脚来表达自己无差别的忠诚，包括那时候的你爸，才十一二岁，个子却已经长得挺高了。轮到他上场时，他指着他父亲一通骂，一拳打在鼻子上，满脸是血，然后飞起膝盖，顶在他父亲的胸口上，发出砰的一声可怕的巨响。当初你爸就是这么跟我描述的，他说他一辈子也忘不了那个声音，踢完那一脚，他自己也惊呆了，没想到会制造出那么大的响动，没想到一个人的胸口可以发出那么巨大、钝重、骇人的震响。尽管如此，你爸也觉得这一脚充满了底气，他站稳了脚跟，经受住了考验，和大多数人站在了同一边，尽管膝盖隐隐作痛，但这一下非常值得，周围人都在为他鼓掌，叫着，打得好！他这才像完成了一项光荣的任务（抑或是精彩的表演），缓缓退回人群里。批斗会结束后，你爷爷奄奄一息，以为不行了，送到医院里，又活了过来，此后身体也很健壮，好像和以前没两样，仿佛什么也没有发生。你爷爷事后还夸奖过你爸，小伙子干得漂亮，革命意志坚定！以后也应该这么干！话是这么说，这事就算这么过去了，以后家里再没人提，这成了他们仨内心角落里的黑匣子，谁也不愿意碰它半分。或者说，像一条被拴在小黑屋里的疯狗，门户紧闭，没人想去靠近那道门半步，就这样过了很多年，那条疯狗似乎渐渐被遗忘了。但其实不是这样的，至少对你爸来说，它在头脑里的印象越来越清晰、越来越深刻，它血一样鲜红的舌头、乌黑的獠牙、挂到脖子上的流涎、全身倒竖的皮毛、阴诡而凶狠的大眼，每一处看起来都是那么可怕，在梦境里呈现得一清二楚。你爸是这么跟我说的，长久以来他都做着一个类似的梦，梦到他从床上爬起来，走到那间小黑屋的门前，打开门锁走进去。最里面的墙角拴着那条疯狗，它显得很孤独，但依然凶狠，一开始他很害怕它，但是渐渐地，见得多了就没那么害怕了。无论它怎样龇牙恐吓，他也不为所动，他知道这条疯狗只能待在角落里，永远不可能走出这间屋子。他安静地坐在它面前，在黑暗中凝视它，它的丑陋外形，以及一颗干瘪的心。就这样，这种凝视可以持续很长的时间，在梦境里可能只有一瞬，但只有他自己知道，过了很长的时间，那条疯狗终于因为困倦昏睡过去。当它睡着后，就变成了你爷爷，奄奄一息地躺在那里，一个只存在于过去的图像。你爷爷仰卧在地上，浑身血肿，你爸是亲眼见过的，在梦境里，同样的图像又重现了。你爸忍不住跪倒在地上，失声痛哭，边哭边乞求着你爷爷的原谅，但一点回应都没有，你爷爷连眼睫毛都一动不动。当时的他只感到寒冷，你爸向我讲述这些时，语调也相当寒冷，透着一种霜冻的严寒，我们这个地方从未有过的严寒。他说，明知道不会有任何回应，但还是不可抑制地一直在乞求、哭诉，越没有回应，就越无法抑制地哭下去。没办法，在现实里他没有办法那样哭，没有办法那样乞求你爷爷的原谅，那个历史的图像已经一去不复返了。可是他无法忘掉，只会越来越深刻，只能在梦境里一遍遍跪求着你爷爷，只有在梦境里他才能做这件事情，一直想做而未能在现实里完成的事情。这二十年来——他跟我说起这些的时候才三十岁，到现在不只是二十年，而是三十年、四十年，这四十年来，他在梦里一直经历着同样的事情，看起来很残酷，确实很残酷，可至少能让他清醒时好受一些。你爸说，不然还有什么办法呢，只能通过这种方式，梦中的赎罪，一种宣泄。现实里他像正常人一样工作、吃饭、娱乐，家庭关系和睦，到了深夜，他被懊悔的深海淹没，情绪崩溃。多年来，你爸逐渐习惯了这个过程，而这恰恰也是，从另一个角度来看，不能忍受的。你爸说，他想过解决的方法，并确信这个方法有效，那就是——在现实里向他父亲道歉，乞求原谅，去做和梦境里一样的事情，只要能做到，他就能从多年的梦魇里缓解过来，他坚信这点。可是，有机会吗？真的能做到吗？他几乎是用令人绝望的口气在讲这件事。你爸说，也许永远也不会实现了。我妈的讲述到此为止。她的话让我震惊，没有想到，她的口中会吐露出一个如此残酷的故事，尤其是，从她的口中！这个故事的沉重几乎要压垮每一个讲述者和转述者，然而事实上，她从容地讲完了整个故事，大气也不喘一下，仿佛与己无关。确实，这件事和她无关，如果是用她长久以来向我灌输的狭隘观念来看的话。可我和这件事有关。在血脉的层面。我从我妈讲述的口气中，想象当初我爸向她讲述的口气，一定完全不一样。我几乎能感受到那种久远的痛苦。也许这就是血脉，这就是联系。我对爷爷的印象已算不得清晰，只记得他的腰很早就弯了，喜欢抽水烟、编竹篾，一个看上去波澜不惊的人，没想到曾经背负过这种苦难。同样地，对我爸也是，十万个没想到。世界是一口烹煮命运的锅。离开树下，我和我妈慢慢地走回去，在路上我默默设想过在父辈的影响和干涉下所能发生的各种情况，他们的痛苦距离现在的我，真的很遥远吗？

11

我妈在医院住了不到一周就出院了，恢复得比预想中要好。我在家里多待了两天，给我妈烧饭，她还从没吃过我烧的饭。我做了她喜欢的烧茄子，还有金枪鱼汤，反正所有鱼类她都喜欢。我们聊天，一起看电视节目，她喜欢看《海峡两岸》，而这恰恰是我最不喜欢的节目，但她几乎每期都看，她熟悉每一期的嘉宾，无论是大陆这边的还是台湾那边的，清一色都是男性，他们的眼神在我看来带有某种含混的笑意，跟他们的身份一样，学者或者电视人，没有什么明确的“会心一击”。和我妈一起坐在沙发上时，我能感觉到那种固定的距离，从她自然下垂的手臂外沿到我大腿外侧的距离，在六十公分到七十公分之间。也许长度单位并不合适，那是我们二十多年的相处确定下来的距离，对于它的感觉会变，有时候觉得很远，比如我离开家以后，有时候很近，比如现在。陪在她身边这么多天后我们似乎靠近了不少，但这些都是感觉而已，实际上，无论我在不在家，我们之间的距离都是这么一段，从来没有变过。这是那天和她坐在一起看电视才意识到的事情。既不可能更远，也不可能更近。我突然想起来，到现在她还没提过上次的相亲，自从我不接她电话避开这件事以后，她也让这件事情从日程表里跳过了。很识趣。就是这种距离感。两天后，我又接到了电话，当时我妈出门买菜去了，我一个人在家，在浴室里泡澡。这次不是陌生号码，是林勃的电话，我不可能不把自己老板的名字备注在通讯录里，因为那是只有完全陌生和完全亲近的人才有的待遇，而林勃对我来说，没有这种留白的美感。因此，当他的名字出现在手机屏幕中央时，我犹豫了一会儿，才心情矛盾地接听了电话。林勃问我在哪里。我说在家。他说，你马上来荔枝园一趟。没有多余的话。挂断电话后，我又在浴缸里躺了十分钟。水温开始变得冰冷彻骨。一定又出了什么事。印象里林勃还没这样在电话里跟我说过话。也许是愤怒，更多的是冷酷。我妈还没回来，我心里盘算着，如果现在出门，离开家，等她回来发现我不见了，就好像我趁她不备从家里逃走似的，还挺有趣的，也是一种默认的距离，但我不敢这么做。我走出浴室，穿好衣服，又等了半个钟头，我妈还是没回来。我还是想和她当面道别的，但不得不走了。

于是给她发了一条短信，然后出门。我在街上拦了一辆出租车，直奔荔枝园，去公交站坐村巴太慢了。路上司机一直找机会和我聊天，但我一句话也不想说。刚进荔枝园不久，就看见几个工人抬着一截断树走了出来，迎面走近，他们像没看见我似的，从我身旁过去。我站在原地呆了半晌。这座园子已经不认识我了。我凭直觉往前走，就像第一次走进这座园子，越往前道路就越艰难，这些树木关起了它们的门，而我正使劲往门缝里挤过去。路上我又碰见了一队人往外搬断树。第二棵。但一定不止这个数目。上次是七棵树，这次也许更吓人。找到林勃时，我首先看到的是他的背影，他站在一棵断树旁，原地只剩一截光秃秃的树干。这次出事的地点就在上次的附近，周围的工人正把其余的断树清出园子。林勃的脸色阴沉可怕，尤其是见到我以后。这似乎是一个准备了许久的眼神和脸色，不仅是颧骨上那块肌肉在跳动，他的整张脸都在微妙地抽动着，甚至可以说是，有点失态，这有些超出我的意料。他似乎已经没什么信心了。我问他，这次被毁的树有多少。十棵，他回答。相同的作案手法，是同一个人或同一个团伙干的，但令我诧异的是，这次林勃处理断树的方式，不像上次那样支上防护的柱子，让它们复生，而是彻底砍断，然后从园子里清除出去。这个做法让我有些难受，生理上的难受。林勃冷冷地瞪着我，都是你的责任！他说，我就不应该相信你。他说得很大声，唯恐我听不见，他确实是想说给我听。在措辞里，他表示，这都是我的责任，他已经把所有责任归咎到我头上，不像上次那样至少还存在一个“真凶”。这回听他的口气，似乎真凶已不再重要。反正查不出又抓不住，真凶也没有了存在的意义。何况上次我答应了他的委托，是我没做好自己的本分，而且擅离职守。每次我离开荔枝园，园里总会出事，上次是因为陆陆，这次是我妈，应该不能算是巧合，肇事者似乎认准了我不在荔枝园的时间，这倒是一个值得考虑的点。可我认为，打心底里认为，就算当时身处园中，我也未必能发现有人来砍树。不是对自己没信心，而是这件事的蹊跷和诡异，已经超出了我力所能及的范围。这确实是一个西西弗式的任务。我只能眼睁睁地瞧着林勃的怒火一点点地愈加炽旺。从今天起，他说，请你从园子里搬出去，这里不需要你了。我说，这是要解雇我？没错，他烦闷地回答，等会儿我叫管家给你清算。我说，说好给我一个月时间的。林勃说，我还能再相信你？我说，再给我一次机会，就这个月底，我一定把人给你揪出来。林勃摇着头，到此为止了，给你三天吧，收拾收拾走人。我说，这就是你说的惩罚？他冷笑说，别瞎说了，没人要惩罚你，我只是让你离开，也没扣你工资，你的钱我一分不少都算好给你。我说，你就是故意要惩罚我。林勃说，再说一遍，没人要惩罚你，明白了吗？说完，他看了我一眼，转身走出了荔枝园。我望着林勃的背影，似乎他举手投足间每一个动作都是精心设计好的。这会是我和这位远房亲戚最后一次见面吗——远房亲戚，是吧，这个身份不过是增添了更多的幽默感。我环顾四周，断树被清理得差不多了，我没有去察看一番的心情，刚才林勃的一番话伤到了我，尽管知道他要惩罚我，可还是被他的话语伤害了。他要把我赶出荔枝园，一个我早已经设想过很多次的情况，那些前任管理员都面临过的情况，当这件事真正横亘眼前时，它散发着黑暗而透彻的引力。我回身朝屋子走去，反锁上门，在床上躺了一会儿。我感到很疲惫。天花板的壁纸发出细微的声响，好像有什么动物在里面活动。凝神望过去，响动又消失了，它们似乎能感应到我的目光。住在这间屋子里的不只是我，还有一些我从未见过的东西，它们不是居住，而是生存。快两周没打扫地板了。墙角结着蛛网，那是我搬进来第一天就有的，一直到今天。靠墙的三层书架，只有中间一层没有堆满书，都是我来荔枝园以后买的，我没法控制自己不买书，尽管架上的书，我一本也没看过。买书是我平日里除了买鞋以外，另一种缓解焦虑的消费行为，在荔枝园这间屋子里，则成了唯一靠谱的消费。毕竟我是有收入的人。中间这层架子前摆着几个塑料玩具人偶，西部牛仔、变形金刚和绿巨人，是有一次经过镇上小学门口买来的，属于某种过时的玩具，但非常适合我。窗口的两株玫瑰已经枯萎，玫瑰很娇气，买下来的时候我确实高估了自己养植物的能力。还好没有买宠物。我喜欢年幼的萨摩耶和哈士奇，只限于年幼的，长大了就不喜欢了，可没有办法不让它们长大。我养不活除了自己之外的生命，不过也没什么，照顾好自己已经够难了。洗手盆上方的架子上，挂着干巴巴的毛巾，因为用了好一段时间，毛巾已经有些变形，它贴着墙，看过去有点像达利的画，布匹般褶皱扭曲的钟表趴在桌子上，就是那种感觉。我躺在床上,将屋里的每一个角落和细节都审视了一遍，心想：我真的要从这里搬出去吗？严格来说，我只是一个客居者而已。这个空间不属于我，也不属于在这里住过的任何一任管理员。但每一任管理员都在这里留下了痕迹。我不知道自己会不会有痕迹。希望不会。这时我想到一件事：即便我离开后看似没有痕迹,林勃也会在屋子里安排一些东西,伪造出我的“痕迹”。这是林勃的圈套，陆陆跟我说的。这些圈套不仅是为了捉弄陆陆，也为了折磨每一个爱上陆陆的管理员。爱的折磨是相互的。尤其还是这样一个奇妙的引渡：我爱陆陆，陆陆却爱林勃。之前，我不清楚用“爱”这个词是否准确，这是一个比较高级的词语，迄今为止，我也没有确切体验过那种具体的瞬间。如果把这个词的外延扩大，一种广义上的爱，那么在我的人生里也没出现过几次。我的妈妈，几天前还质疑过自己，这些年里她是否真的爱我。也许是真的，她更爱自己，或者说，我爸比她更爱我。而我爱我妈吗？我喜欢小时候躺在她怀里，听她讲故事、唱儿歌的瞬间（如今它们在我记忆里确实只有一瞬的长度），我还记得她的神态、说话时微微抖动的充满灵气的漂亮耳朵，还有全世界最动人的声线，比陆陆的还好听，这些都是她留给我的最震撼的心灵烙印，但仅凭这些，就能说明我爱她吗？我凭着她几句话就回到了自己厌恶的家乡，在她身边陪着她、照顾她，这样算爱她吗？更多的是责任和回馈，不得不去做的事情。不是出于爱。我对爱的界定相当谨慎，或许正是因为不曾有过。但是，在面临被驱逐出园的这一刻，我意识到，许多联系即将被斩断、消失，包括和陆陆的联系。我总有一种感觉，在我被驱逐、身处荔枝园之外时，我和陆陆的联系就不是现在这种了，即便我还能找到她，那也是一种全新的联系。不再是一个荔枝园管理员和一个钢琴教师的联系。因此我很恐慌。我得对自己说，我爱她。我敢于爱她。这个念头或许能稍稍缓和紧张情绪。

当天晚上，屋里的声音似乎越来越嘈杂。不只是天花板上的动静越来越大，墙脚、床底、窗边和门外都有声音。声音的军队。士兵们一个个从缝隙里爬出来，在地上跳几下，然后膨胀、变得稀薄，像一个个大头娃娃飘浮在空气里。窗外是撕纸的声音。撕纸也是很恐怖的声响，尤其对于有强迫症的人来说。我曾经构想过一种酷刑，把犯人关在一间屋子里，屋子里连接着纸张之海,都是什么荣格的《红书》或者李贽的《焚书》这种，每日每夜地撕纸给他听，十年，不，别说十年，一两年就得疯掉。门外好像是锄头锄地的声响，大概有三把或者四把锄头，敲进松软的泥土里，发出沉闷的钝响，肯定有人在干这种事，但我缩在床上，根本不敢过去开门。都是幻听，我对自己说。过了一会儿，我下床开了音响，想用音乐来驱散噪音，尽管不能全部驱除，但好多了，在亨德尔的旋律里，不知不觉睡着了。半夜，我被突然的一声尖叫惊醒，应该是窗外传来的，从床上爬起来的一瞬间，一束刺目的光线从窗口射进来，在窗帘上晃了一下，随即消失。有人在恶作剧。我不知哪来的胆气，下床穿好鞋子，打开门冲了出去。我想看看是谁在搞鬼。没想到，刚迈出大门，我就掉进了一个水坑，门口早被人挖了个坑，虽然不深却装满了泔水，我小腿以下全浸在里头，有些甚至溅到了大腿和屁股上，恶臭无比。我从水坑里爬出来，走去屋后的卫生间冲洗，洗了很久，回到屋里还觉得浑身散发着臭味。鞋子被我脱下来，扔到了屋外，一双新买的球鞋又报废了。没有热水，我洗的冷水澡，冻得瑟瑟发抖，坐在床上时，感觉悬空的双脚都快结出冰屑了。睡意全无。音响还在放着，二十首水上音乐不知循环了多少遍，声音微弱,如果不认真听还真听不出来。我总怀疑有人进了屋子,在我熟睡的时候,动了房间里的一些东西,包括把音响的音量调低。跟大声尖叫,用手电筒晃进光来,以及在门外挖水坑的是同一批人。是这里的工人吗?他们最有可能弄到钥匙,把屋门打开。也许下次我得把门反锁,或者去买一把新锁,反正离集市也不远。这些行为是他们自发的,还是林勃的意思,暂时还搞不清楚。算是一种威胁或恐吓。我还没经历过这种事。还有自我调整的空间吗?到了早上八点多的时候,我刚用过早餐,就有人来敲门,开门一看,是那位陈管家,他一进门便问,外头的水坑是怎么回事。我说,我哪知道。我回答得过于垂头丧气了,以至于他多瞅了我一眼,我也在瞅着他。我还没有好好打量过这个中年人,只记得他有着奇特的地中海发型,和肌肉僵硬的笑容,这时再看他,突然觉得酷似我某位亲戚。我爸那边的堂亲,我小时候经常来我家借钱,皮肤黝黑,衬衫胸前的口袋里永远装着一包"大重九"。本来我对这个人也没太深的印象,不过瞅着陈管家,那些白昼里爸爸和堂亲两人对着吞云吐雾的记忆全部复苏了。今天陈管家脸上却是一点笑意没有,手里拿着几张纸,对我说,这是协议书,你签个字。我一看,是解除合同的协议。他又说,钱一分不差地给你,工资算到这个月,都给你卡上打过去了。我说,我不想签的话,你不能逼我签。他说，怎么着？还不想签？我说，不签，我想留下来。他冷笑着说，没那个机会了，听好了，你要不想签，也行，我们有一百种方法让你自动离开，走辞退的程序也可以，这个是最体面的方式了，你仔细想想吧。我说，我得维护自己的劳动权益，我觉得自己还不至于被辞退。陈管家说，园子里出了这么大的事，说你一句严重失职，还不够吗？我争辩说，这事是我一个人能扛下来的吗？一下子砍了这么多树，这么多工人都没看见，这作案的团伙都不知道预谋了多久，这事有多复杂，我一个人能时刻看管着这么大一片林子吗？我的语气渐渐变得激动，还有，园子里的工人处处和我敌对，甚至是，你们派人来监视我的一举一动，这是什么意思？你们一边把我孤立起来，一边又要求我时刻盯着园子，这可能吗？一旦出了事就将所有责任都推到我头上？我说这些话时陈管家的目光一直待在头顶的天花板上，好一会儿才重新拉下来，聚焦在手里的几张打印纸上。他不慌不忙说，不是我们把责任推到你身上，而是工作的职责本该如此。当初签合同，你肯定没仔细看，还有，最后一句，你说我们孤立你，派人监视你，真不知道你在说什么，我们没干过那样的事。说着，他把手里的纸张卷了起来，你今天不想签也没关系，反止总会有想签的那天，等你想签了，我再过来找你。他抛下这句话，就从屋内走了出去，在门口，他小心地避过了水坑，我目睹着这一过程，觉得心里发痒，好像某件事物外壳内里的绒毛被一下子蹭干净了似的。待他走远，我反锁上门，坐在桌子前，努力在脑子里清理干净刚才的对话。我在读撒切尔夫人的自传，读了快一半了，几个月前开始读的。我很少愿意去读完一本书，书的意义是读而不是读完，因此书架上的书，有的读了几页，有的只是看一看序言，这本自传算是最近读得最多的一本书了，我也很乐意接着读下去。撒切尔夫人在书里写道，她童年时期最兴奋的事莫过于去伦敦旅行。十二岁那年她第一次抵达伦敦，在国王十字车站，人群像黑熊一样拥挤着走进一个巨大漆黑的山洞，这就是她对伦敦的第一印象，难以掩盖的振荡和肃穆。城里的建筑都被烟熏黑了，这里是世界的中心，这种广阔的黑色，不断地让她警醒，还从没有别的地方给她留下过这样的印象，尤其是对她这种乡下佬来说，乡下佬的心灵总是自由又狭隘的，就像奥地利的乡下佬彼得·汉德克对于维也纳的耶利内克的那种敏感。十二岁的撒切尔夫人感到了某种害怕，在伦敦，她说，第一次坐地铁，运行时梆梆的声响让人害怕，在动物园里她骑了大象，还被橱窗里的爬行动物吓得往后缩。多年后她回想起这一段，认为是某种预示，因为当时动物园的所在地，一个叫舰队街的地方，也是后来报纸发行总部的聚集地。她对圈养着的奇形怪状的动物的恐惧，跟后来对新闻报道的恐惧是一致的。

大概读了四十来页，困意袭来，不断地打着呵欠，于是我合上书本回到床上躺着，但并不想睡着，我想保持清醒，花时间睡觉是最没有意义的事情，哪怕是干躺着，什么也不想，也比睡着了强。在躺着的几个小时里，有人敲门（我没有去开），有人用脚踢门，用钝器捶。床边的窗户，被人扔了石头，哐当一声，玻璃碎了一地。我统统没有理会。像一个沉默的监控机器，记录着这些恶行。清醒地记录下来。中午我没有吃饭。下午四五点，下床煮了咖啡，把屋里的玻璃清扫出门。喝完咖啡我开始做饭，一份简单的青椒肉丝拌饭。几个月里我学会了几样简单的炒菜，对我来说，这个领域已经算是穷尽了，我也不需要太复杂或高级的厨艺，我对吃的没什么讲究。在餐桌前我吃得很慢，就像和陌生人讲话一样。吃饭时我想起了陆陆，其实她和陌生人也没什么区别，我们没一起吃过饭，除了几次和她在钢琴边上的接触（巧合？），和聊过的一些看似深刻但毫无意义的话题。但她对我而言，永远是一个不可接近的存在，一方面她故意躲避我，另一方面也是我特意远离她。没错，我从根本上是远离她的，我喜欢这种距离，美感和爱意都刚刚好，再往前一步或者后退一步都可能毁灭。也许可以这样说，她只是一面镜子，反射着我的欲望。我爱她，如同爱着自己的欲望。当接近静止的时刻，我就会想念自己的欲望，而我几乎时刻处于这样的静止之中，这种欲望如同几公里以外的潮声，或轻或重，时刻伴随着平日里单调而无垠的考虑。吃完饭，我收拾碗筷，这时手机里收到了一条消息，是来自陆陆的号码，我记得一清二楚，我连手都顾不上擦干净就点开来看。她在上面写道：你的电子邮箱是多少？只有这么一句话。但至少包含了三条信息：一、她要发邮件给我；二、这是一条很重要的信息，以至于她觉得用文字作为载体比语言更合适；三、这封信件一定很长，因此她选择发邮件而不是短信。我平静了一下，没想到刚好是这个时间她发短信给我，似乎是某种预感，我的预感一向很准。我回复了她邮箱地址。片刻后，邮箱里就收到了一封信，一封准备已久的长信。因为没有电脑，没有网络，我只能使用手机下载下来，躺在床上，一个字一个字地透过屏幕读下去：

你好！

我思考再三，还是决定给你写一封信。其中一些想法在我心里盘桓了很久，也许十多年前，更早的时候，我就在想这些事情，只是最近想法变得更加尖锐。虽然考虑了很多次，但付诸文字，通过这封信和你交流，确实非常困难。我想了很多，却不知道该说什么。我向来不善于表达，既缺乏表达欲，也很难把一件事情描述清楚。在钢琴里，我掌握了太多的技法，也没有什么可表达的。更何况这次是用我本不擅长的文字。这是我第一次给别人写信，真的，我收过无数的信件，但发出去的，这算是第一封，该从何说起呢。你这个人，对我来说是特别的，第一次和你接触的时候就能感觉到，你身上有一种吸引别人进入的特质，不是说有多迷人，而是说，你是空白的，是这个世界的键盘里被拔出来的按钮，那么大的一个键盘，每个位置都整整齐齐，就你的位置是空的，叫人很想填进点什么，什么都好，把它填满。你给我的感觉就是这样。在这点上，我和你是同一类人，不过之前我没有意识到这一点，直到碰见你，你身上的“空白性”——允许我这样表述——可能比我还要深刻，即便是我这样的人面对你时也想用自己的印记，自己的语言、观念、行为，侵入你的位置，把你填满。而在此之前，我一直是被填满的那个。对此我相当地吃惊。还记得那晚，你走过来向我介绍自己，说你叫小关，是荔枝园的新管理员，想认识我，你的身份我早就猜出来了。我当时没有理你，只是因为想克制那种感觉，我没法接受那种感觉，很强烈，想了解你、侵入你、对你倾诉，所有话都对你讲而毫无顾忌，因为你的“空白”，第二天就会翻新，什么也不会留下。我无法接受自己当时的这种表达欲。

我很害怕。又恐惧又陌生，陌生的是自己。而你不存在任何陌生的情况。我没有预料到，会有这种反应，还一直觉得自己空无一物，没什么要表达的。其实就是后来在我家，我和你说过的那些，我觉得自己什么也不是，就算从小练钢琴，也是徒练功夫，一板一眼地按着乐谱来。林勃说我弹得相当机械，一种学院派的让人难以忍受的机械，如果不是“学院派的机械”估计还好一些。他说得没错啊，那就是我，不是我想那样弹，而是本就没有可表达的自己的东西，能怎么办呢？我至今都记得八岁那年第一次考钢琴十级，没有考过，知道结果时，我蹲在教室外的走廊里，不知道蹲了多久，我知道自己肯定得挨骂了，爸妈铁定没想到我会失手，当时我非常悔恨，却又觉得现实距离自己很遥远，这个令人害怕的现实好像很遥远，那种矛盾的心情我一直都记得很清楚。现在我也是一样，一方面恐惧未知的将来，另一方面拼命用想象营造一种疏离，我以为这就是平衡，但应该还没达到吧。前两天我在家附近散步，走到一座桥上，底下已经不能说是河流了，一条小水沟，我朝桥下望去，竟然发现了一具猫尸从上游漂过来。虽然从来没养过，但猫可以算是我最喜欢的动物了，我难受得马上闭上了眼睛，再睁开时，它已经随着流水掉进桥下的一个洞里，那是一个阴森森的黑洞，像突然冒出来的。猫尸掉进去时，是轻柔地沿着边缘滑落呢，还是咕噜一声沉到底，那种声音，是不可触及的想象。看到这个画面我突然感到恶心和随之而来的深深恐惧，很难说是因为猫尸还是黑洞，或者是猫尸掉进黑洞的这个串联起的画面。我一口气冲回家里，口很渴，连喝了好几杯水，坐在椅子上好久都没缓过来。寒风把窗户扫在墙上，咣的一声响。走过去把窗户关好，这时我想到这大概是某种预示，恐惧带来的预示，它是要告诉我，我可能必须做出一些改变，或者是做一个长久思虑但尚未实践的决定，这也是为什么我要写一封信告诉你。不是第一次感到这种恐惧了，我是常常与恐惧为伍的那种人，孤独而敏感，这就是我，生活里的每一处细节都可能引起我的极端情绪，但那种带有预示性的恐惧，它的出现非常偶然，很久才有一次。给你写这封信时，我正在离家不远的网吧里，我没法在家里写，我得远离钢琴，那台黑色机器，一想到楼上那台悬置在我头顶的巨大笨重的怪物，我就心里发慌。每当这种情绪出现我就只能远离钢琴，远离音乐，也许钢琴才是我恐惧的根源。我第一次体会到这种恐惧，是刚开始练琴那会儿，五岁还是六岁，太早了，也太小了，那时我妈常常带我去大剧院里听各种各样的音乐会，什么层次的都有，欧洲、日本的乐团，也有本土的，我几乎每次都听得昏昏欲睡。但我妈妈是一个很严厉的人，一发现我打瞌睡，就狠狠地往我腿上来一下，把我打醒，包括练琴也是，拿着木棍逼我练琴，打得我疼得直流泪，她却总是不为所动，好像我不是亲生的似的。我每次回想起她的冷漠都很难受，生理上的难受。有一次我们去听《春之祭》，伟大的斯特拉文斯基，我妈最喜欢的音乐家，每次提起时总会说“伟大的斯特拉文斯基”。当时我们坐在池座的第一排，坐在一起的还有几位家长和小孩，我朝他们张望，心想着，得多可怜才会被逼着来听这么无聊的音乐，想到自己不是最可怜的那个，也就平衡了。乐曲进行到中间，定音鼓开始震天地响，说实话，定音鼓吵得我睡意全无，眼睛直溜溜地盯着舞台，灯光下演奏者身上每一根毫发都看得一清二楚。正是因为看得太清楚了，像透过显微镜似的，这才完蛋。定音鼓再次响起时，其中一个敲定音鼓的乐手突然面向舞台呕吐了起来，他跪倒在地板上，声音甚至盖过了鼓声，演出被迫中断了十分钟，舞台上灯光熄灭，工作人员忙着把鼓手抬走，清理秽物，底下听众不住地骚动，有人朝着退场的方向走。等灯光再次亮起，照在舞台上乐手们的脸上，指挥还是同样的姿势，音乐从中断的地方继续响起，但是每位乐手的表情都跟之前完全不一样了，不仅仅是这些乐手，听众席上的人们也是，他们脸上无一例外地写满了恐惧。我妈直直地坐在座位上，后背仿佛被钉在椅背上，面色苍白，看她这副模样，说实在我心里升起一阵解气的欣喜，但很快，这股微不足道的情绪就被更大的恐惧包围、冲散。乐手们仍然在一丝不苟地演奏，似乎比刚才的力度、节奏还要精准，带着“布列兹式的精准”，哪怕是布列兹本人，也不可能做到如此精准了。大家都安静地听着，连声咳嗽都没有，每个人都在尽力克制着什么，恰恰是这种场面让人觉得恐惧。直到乐章结束，大家离开座位，脸上尽是劫后余生的神情，耐人寻味。音乐会后的很长一段时间里，我都沉浸在当时的情景中，包括梦里也是。也许你会说：那只是一个六岁小孩的情绪，六岁能明白什么呢。我也不知道，但其实小孩能记住很多东西，记忆力惊人，也许他们只是记住，日后再不断消化、反刍，一遍又一遍地产生效应。现在想起来，那种恐惧到底是什么呢，好像很难用语言表达，与其说是恐惧，不如说是一种不安定感，“恐惧带来的不安定感”“不安定感带来的恐惧”，都说得过去。我是在看了某位指挥家的传记之后，才逐渐确定这种感受，无法言说但确实存在的感觉，那本书上所写的，和我童年的经历实在太像了，我没想到像他那么伟大的指挥家，竟然和我有着同样的感受，给你写这封信时，我特地又翻出了那本传记，仔细地看了一遍，我把其中的一个段落摘抄在下面：

“卡洛斯小时候一直在搬家。”她说道。对着镜头讲述自已的丈夫时，她的表情仿佛一只冻僵的猴子。这位伟大指挥家的遗孀看上去只有五十岁左右，但其实已经穴居了三十年。自从丈夫去世后，她就走进了家乡的奥西林寺山的洞穴里，不跟任何外人接触。但是在此前，我们还是找到了一份二十年前的关于她本人的早期采访，当时她在山洞里布置了一场十周年的庆祝派对，到场的客人有三只青蛙、五只山羊、一只瘸腿的狗，还有她养的一只乌龟和几条娃娃鱼。唯一的人类客人是她的密友，一位日报社的记者（目前已不在人世），他为我们提供了这份珍贵的采访材料。在采访里，指挥家的遗孀向她的密友披露了一个不为人知的事实：指挥家在生命的晚期一直处于焦虑和疯癫之中。这多少让人有些惊讶，因为在外界眼里，指挥家的个性沉稳安静，同样的特质也反映在他的指挥艺术中，贝多芬的音乐在他那里慢得像一位怀孕的火箭动力学女专家；而且，除了工作以外，他的人际关系疏松寡淡，所有合作过的音乐家和乐团对他的才华万分敬佩，但私下从来没有任何交情；四十岁以后，他渐渐归隐，不知从哪一年起，他就搬到了家乡的小镇里住，再也不从事音乐活动了。大众慢慢淡忘了他，直到他的死讯传出，人们才记起这么一个人，记起他的贝多芬。不过也只是少了一个指挥贝多芬的人而已，何况世界上有那么多指挥贝多芬的人。“卡洛斯晚年一直在发疯。他鞭打自己，绝食，把自己绑在某个地方——浴缸里，柱子上，床腿前，”她在采访里说，“我想知道到底怎么了。于是他告诉我，他小时候不断地搬家，因为连年的战争，他的指挥家父亲辗转各地进行演出，他也跟着父母，不断从一个国家到另一个国家，从一种语言到另一种语言，他没有一个哪怕固定一阵子的老师和玩伴。从那时候起，他就无法培育出内心的安定感，哪怕走上指挥的道路，在舞台上指挥了那么多古典乐，他甚至故意把所有乐曲都指挥得很慢，最终也是徒劳；每次站在舞台上时，他根本不知道自己在指挥个什么，大号和小提琴像打雷一般吵，他的内心也慌乱无比，但是终场后听众们都在鼓掌，他自己都觉得好笑。艺术都是为最后的鼓掌而活的，最后鼓掌了，中间怎么着都无所谓。然而他始终走不出童年的困境。后来，鼓掌也无法平息他的内心了，他便找个地方躲起来，隐居，自囚，自我折磨。弥留之际，卡洛斯跟我说，你到山上的洞穴里去，一个人，不要跟任何人打交道，要跟大自然打交道，乖乖住上十年，到那时候，你就能到达我毕生追求的境界了。我很信任他，于是我按照他的话去做了，如今已经过去十年，不过很遗憾，除了无尽的空虚，我没有其他的发现。为了他的遗言，我打算继续在洞穴里生活下去。”在二十年前她是这样说的，可是二十年后的今天，面对着我们的镜头时，她却推翻了以前的说法。诚然，关于指挥家丈夫的讲述没有什么差别，但说到二十年前决定继续穴居的原因，她却否认是因为丈夫的遗言，而是别的原因，头十年的穴居生活里她并不是一无所获，她说了谎，相反地，她发现了某种神奇的法则之类的，正因如此才坚持在山洞里生活下去。“是不坏的美貌，”她说，“在洞穴里生活可以保持永恒的美貌，在外面我老得很快，但在这里，我越活越年轻。太神奇了，我太激动了，这是每个女人都梦寐以求的。我觉得自己差不多只有三十岁，再过二十年，我就能走出洞穴，去参加世界小姐选美，我坚信自己一定能拿到冠军。”听完她的话，看到她猿猴般的圆脸上露出的微笑，我们几个人面面相觑，不禁产生了一股深深的恐惧。

传记的这段话有点像小说，或者是用小说笔法写出来的，不过这是百分之一百的真事，不用怀疑。你应该也能猜到这个指挥家是谁了，没想到吧，我之所以这么确定这是真事，不只是因为有过类似的经历和感受，还因为他的音乐，我确实能从中听出他的不安定感，你可以去听他早期关于贝多芬的录音，或者是后期穷困潦倒而不得不出山指挥的施特劳斯的歌剧，一前一后，哪怕风格再迥异，都能听出那种感觉，你能大概理解“那种感觉”吗？前后说了这么多，又摘抄传记，其实都是为了向你说明这个事，这也是这封信想表达的核心观念。我不求你对此一拍即合，只是希望你尽可能多地理解我的想法、我的感受，无论我接下来做什么决定，有什么样的行动，都不是最重要的。长久以来我不怎么和他人交往，可以说是自我匮乏，也可以说是精心保护着自己。阅读齐奥朗时，他有句话说得特别中肯，他说，每个人生来都带有一定的纯真，只是它注定要被与人的交往，要被这种因抵抗孤独而犯下的原罪破坏。只是，你想过吗，我们不得不日复一日地把大量的时间和精力花在这上面，心甘情愿如此，而不把百分之百的自我留给自己。就像我弹琴，只是为了取悦别人，而单纯取悦别人，只需要一点技巧就足够了，没有那么多伟大的听众，也没有那么多伟大的场合。其实我一直都在询问自己，是否还有自己的声音，现实的、清醒的、经过思考的声音，而非只出现于梦境里的旋律，这样的询问一直存在，只是平时自己意识不到而已。不过，现在我想明白了，我在这个地方生活了六年，遇见林勃是十年前，第一次碰见他的时候，他的点拨和警醒，对当时的我来说无疑是平地惊雷，还没有人像他一样跟我说那样的话，我对他的崇敬和爱意油然而生，仿佛在海里漂游了很久的人突然发现了岛礁。我爱上他，或许爱意很复杂，但不可否认那就是一种高级的情感，不管他说什么，我都认真听着，仔细琢磨，感觉他的每一句话都是对的，亦步亦趋，他要来广东种荔枝，我也跟着他过来。我一辽宁人，从辽宁到广东，这么大的地域跨度，我说来也就来了，刚开始在这边生活时，干啥都不习惯，夏天蚊虫多，又热又晒，冬天湿冷湿冷的，屋子里没有暖气，能冻得发僵。这边的人也不好打交道，说着完全听不懂的方言，粗俗，又特别精明，就连路边的小贩一听我说的是普通话，那眼神就立马不一样了，还会故意抬高价格刁难。我知道，像我这种外地来的女人，在你们的方言里叫“北妹”，我能理解这个词语，我指的不仅仅是听懂以及知道它的表面意思，我还了解它背后那层深刻的鄙夷，不是针对我这个人，而是对一个群体经年累月的鄙夷，在这样的环境里，我绝对是格格不入的。无所谓，我就是这样的人，无论在哪儿都好不了，远离他们就得了，反正我是为了林勃才来这里的。当时在我的眼界里只有他这么一个人，当然我也知道，他不是一个完美无缺的人，其实他浑身都是缺点，是一个混蛋，混蛋得很，即便混蛋也不妨碍我喜欢他啊。他暗地里捉弄我、利用我，但我还配合他，配合他把别人一步步地引入圈套，我甚至觉得享受，那样可以体现我在他那里的价值，体现我的存在感，真是可笑，是吧。但自从和你接触了之后，虽然接触得不多，但好像一切都变了，我慢慢感觉到了自我，一个很强烈的形状，突然从薄纸遮盖的阴影中跳了出来，它没出现时什么事也没有，一旦显形就相当强烈，甚至是，相当专制，专制地给身体下达着指令。我得做出点改变。是时候做出改变了。多亏了你，我得感谢你。与其说是你帮我找到自我，不如说是一个奇妙的反应，一个善的预兆，当我接触到这样的你时，我身体和意识的开关就被开启。我认清了许多，包括林勃，我已经不再需要他在身边了。未来路还很长，一步步来。这就是第一步。我要离开了，离开这里，希望以后有机会我们还能再见面。

末尾署名是陆陆。我把这封邮件读了三四遍。这么长的一封信，在手机屏幕上看来，就像是没有尽头、无限绵延的文本。时间就这样在文字的滚动中消逝。最终我把屏幕关掉，手机扔一边，躺倒在床，长吁了一口气。要吃透这封信的内容并不简单。首先我没有想到她会给我写信，而且是这么长、这么坦露的一封信，这种行为不在我对她的印象之中。我在床上翻来覆去，尽量平复自己，至少先冷静地思考这封信吧，但好像没什么用，我越想就越激动，信里的某些字句像烧红了的铁块，一个个往心口砸过来。恐惧。失语。空白。匮乏。形状以及自由。每一个都不会让人轻松。也许这才是真相，每个人都背负着沉重在生活，有些人说不出来，有些人则有用语言表述痛苦的能力，那么这些会使用语言的人，他们的痛苦是加深了，还是减轻了，或者没有任何影响？其实陆陆不需要写这么长的信向我阐释她的痛苦和想法，因为我都能懂，她只要说一个字，略微提及，我立马就懂了，这是我们在各自长期的沉默中建立起来的默契，所以我更关心的是陆陆在信的结尾处提到的自己的动向，她一再强调动向并不重要，但我偏不那样，那才是我的选择，那才是我真正关心的东西。她在信里寻求我的理解，做决定却不考虑我的意见。她要离开这里，离开我的家乡，我痛恨却不得不留下来的南方小城，她会去哪里？信里没有说。还有她再三提到的林勃的“圈套”也是一个谜。想到这里我就特别冲动，想从床上爬起来，出门，直接杀到她楼下，找到她，把一切问清楚。不过理智告诉我别这样做。沉稳下来。好好想一想。还能怎么想？时钟指向下午七点十分。窗外已夜幕四合，通过破碎的窗户，远远传来几声乌灰鸫的鸣叫。

12

这天晚上倒是没什么响动，我大概睡了六个小时，凌晨五点多乌灰鸫就开始叫唤。上次听到如此清晰的鸟叫声还是几个月前，我刚到这里时，那时候天亮得没现在这么晚，还记得每次晨起散步，站在斑驳的树影下，晨光透过细密的枝叶缓慢地流动，到达地面半米的高度时已经变成了高悬的细丝，刺弹在我身上，身后一道更大而恒定的日影把我的身影包裹，同化。乌灰鸫的影子就是在这种情形下加入进来的，在舌头似的叶子间簌簌而动，迎着日光望去，只看得到它腹下灰白的斑点，似乎在渐渐洇散，影子也在汽化，融进早晨潮湿的空气里。那个时候，我的内心是静谧而快乐的。如今，我透过破碎的窗户向外望去，只看到一片牛奶色的雾气。雾气背后似乎是一张人脸。我越往那儿看，见到的景象就越不清晰。在白天，那里是一排灰褐色的树干，如同军人的皮靴，整齐地摆放着，若是平时我不会觉得那种整齐传递出恐怖的感觉，但现在我比任何时候都要敏感，洞穴里的人、那天晚上的所见所闻、蒋莎和那个怪物一样的家伙的对话、那家伙狼吞虎咽吃荔枝的可怕景象，全部映现在我脑海里。陆陆发来的邮件里，也提到了一个和穴居人有关的故事。是巧合吗？还是陆陆故意向我暗示什么？我不能再继续浪费时间。六点刚过，我就做好准备出门了。我得亲自去弄清一切。走出园子，走在荔枝树下时，我小心翼翼，唯恐又有什么陷阱从头顶砸下来，或者又掉进一个挖好的水坑里。我有些难过，因为园子和我尖锐的敌对关系，尽管我知道这些树木和暗算我的工人们是无辜的，都是受指使而已。所幸我安全地走了出来。冬天的清晨很冷，我在路边等村巴，穿少了，冻得直哆嗦，可我不想再回去拿衣服。好歹等到了一辆车，到达县城车站时还不到七点，时间还早，要不要回一趟家瞧瞧我妈，我犹豫了一下，这个时候她应该在做早餐，很久没吃过她做的早餐了，我妈做的蛋炒粉一直是我心头好。不过我最终还是决定不回去打扰她。我现在情绪很差，但也足够冷酷，这不是和她见面的时候。我掏出手机，翻到上次陆陆发来的短信，上面有她的住址：甘泉路十六号，我应该记得的，可最近我记性很差，也许是因为近来的经历超越了我的接受容量，就拿上次去陆陆家这事来说，感觉就像是上辈子的事了。我拦了一辆出租车，往甘泉路十六号开去，我记得那地方偏郊外，路上的情形似乎跟上一次一模一样。出租车驶过一片沼泽地时，我突然瞥见一座石桥，架在一条两侧长满狗尾草的小溪上，上次并没有看到这座桥，是她在信里提到的那座吗？还是在上次那个地点下车，路口的零售店还没开门，铝皮卷帘门泛着青光，地上冰激凌的包装纸被风吹得四处翻滚。几张长条凳竖着靠在门边，即便有好几张，也显得孤零零的。在车上我便闻到了这块地方的味道，那种刺鼻的味道，和上次相比，这回好像又多了点炮仗和大蒜的气味。我凭着记忆拐进巷子里，按照门牌号找到了那栋小楼，之前陆陆就站在三楼的阳台上，朝我挥手，不过现在那里只有一个记忆的虚影，阳台护栏上的几株盆栽不知何时被撤下来了，门窗紧闭。我走到楼下去敲门，铁门又厚又重，敲得手都疼了，过好久，里面才传来一个微弱的应答：来了。门一开，是一个六十上下的老头子，身材干瘦，两只眼睛大小不一，偏小的左眼显得有些阴鸷，两片薄薄的嘴唇紧紧地闭合着，我们对视了一眼，他问我有什么事。我猜想这就是陆陆说的房东老头子。陆陆在吗？我问，我是来找她的。谁？他问。陆陆，我重复了一遍。这时他做出了一个艰难的吞咽的动作，然后回答说，那姑娘仔哦，走了，搬走了。走了？我吃了一惊（虽然说也没有那么吃惊）。什么时候走的，我问。老头子回答，有两三天了。走了两三天，那封信一定是更早之前就写好的，等真正离开后，才发给我，不给我任何追问的机会，而我居然还怀着侥幸心理大老远跑来堵她，以为能赶在她走之前见到她。真好笑，陆陆把一切都设计好了，自始至终就不存在交流的可能，她不会听我的想法，只想输出自己的，就像信里说的，在我面前她只想疯狂地倾诉自己，她做到了。我问那老头，有说去哪儿了吗？老头，没说。她有给我留什么口信吗？老头很干脆地摇摇头，没有。但我还是很想上楼去瞧瞧陆陆的房间，于是跟这老头子好说歹说，甚至骗他说我是来租房看房的，最终他总算同意让我进去。他把门开了一条缝，我便从这条缝里钻进黑暗的客厅，刚一进去，正对门口的墙上的画像在黑暗中泛着红光，在眼皮底下闪了一下。房东领我到二楼，陆陆的卧室和客厅里面没剩什么东西，两张柳条椅、一张空床、桃木挂衣柱、绿皮沙发，这些原本就不是陆陆的，电视机旁边的肉桂还在，木头娃娃却没了，一些外形雅致的瓶瓶罐罐摆放在角落里，都是上次没见过的东西。不管怎样，空气里还是有一股亲切的味道，虽然没那么纯醇，但那就是陆陆的味道，区别于这块地方的难闻气味，我一上来就闻到了。钢琴没带走吧？我问房东。她留给我了，老头子接口说道，话音里有一丝慌乱。毕竟这么大的一个东西，也带不走啊，我说。

沿着楼梯走上三楼，房东紧跟在我身后，钢琴仍然安静地摆在客厅里，一个肃穆的黑色大家伙，应该是林勃送给陆陆的，虽然不是什么名琴，但少说也值七八万。这时老头子在身后又强调了一次，这琴她留给我了。像害怕我跟他抢似的。用不着这么紧张。这反而让我怀疑陆陆是不是真的把琴留给了他。谁会把这么珍贵的东西留给房东呢？关键词：房东。我一边绕着钢琴打量，一边随口说着什么来分散老头子的注意力。这台琴可是好琴啊，我说。那是当然，他说。能值多少呢，我说。二十万吧，他说。我认识一些做乐器生意的朋友，可以介绍给他们接手，我说。行嘞，他高兴地应了一声。这时我发现琴盖下压着张纸，露出了一角，想必房东没留意到。也是，一个老头子能对这台黑色机器有什么兴趣，可能自始至终都没碰过这台琴，就像一头山羊在野外碰到一本书，根本无法理解。我打开琴盖，迅速把那张纸条收在手心，假装试音。那老头走过来，说，这琴不能试。他没发现什么异常。我合上琴盖，点点头，说，我可以把那朋友的电话给你。他要拿纸笔记下来，于是我们走下楼去，这时我假装随意伸手进裤兜里，把纸团往里一放。我给他留了一个电话号码，当然，是瞎编的。然后我走到门口，他还跟在身后，仿佛一团坚固的灰影把我从门缝里推了出去。

我离开陆陆原先的住处，沿原路折返走在灰扑扑的巷子里，两边的墙里藏匿着鸡叫的声音。过一会儿，出了巷子，走到大路边，两端看不到头的沥青路显出龟苓膏般的色泽。到现在我还接受不了陆陆早已离开的事实，尽管心里有个声音一直在提醒我，她已经不在这儿了，昨天收到邮件的那一刻，她就已经在外地安顿了下来，而我昨晚读信时还不觉得怎样，可能心存侥幸，总觉得至少还能见一面。直到现在走在大路上，我才确信她已经真的离开。头脑一片空白。太阳出来了,躲在青垩色的云层里，不怎么透光。路边一辆摩托呜的一声驶过。那声响让我想起了小时候坐的一种带篷的三轮机车，我们这儿叫“三脚狗”，现在很难再见到了，它发出的声音和蔼而笨重，小时候我就喜欢听它那个马达的声音，还有泄漏出来的汽油味。那个时代很亲切，而这个时代很陌生。沿着大路往前走，我也不知道要去哪里。过了一会儿，我把手伸进裤兜，摸出了那张已经有些发皱的纸条，摊开，上面用圆珠笔写着一句话：想到一件事或许对你有用，你去这个地方找这个人，地址是岭子西街九十一号，就说找孔舒华。陆陆的字迹有些笨拙。就这么一句话，没头没尾，像是仓促间写就的。她似乎算准我会去找她，去瞧那台钢琴。万一没去呢？可能她只是碰碰运气。随缘。看完这张纸条后，我突然产生一种感觉，她在和我玩游戏，一个她创造出来的游戏，从我们相遇开始，直到现在她突然消失，给我写信、留纸条，一切都仿佛是场游戏。这样解释很说得过去。读这张纸条时的心情并不好受。孔舒华这个名字我听过好几次，知道他是谁，因为荔枝园这层缥缈的联系，如果有机会我当然想见见他，可为什么偏偏是陆陆作为中间的牵引人？这件事因此而变得不太真实。我真的还想去见孔舒华吗？是因为陆陆的指引，还是这个人，或者这种寻找本身？我把纸条揉成一团，扔进了路边的草丛里。岭子西街九十一号，这个地名比甘泉路十六号更陌生，就是那种所谓的，熟悉又陌生，我听过这个地名，却比初来乍到的外地人更觉得陌生。一条脏兮兮的小黄狗从树下的垃圾堆里叼出一副粉色的胸罩，咬了几下，又马上吐了出来。这座小城市不断生产和翻滚着忧郁的热情。行道树的树皮上被人划了几道深褐色的口子。路边白色砖房的外墙被人用蓝色喷漆涂上了一连串的阿拉伯数字。都是篡改。所幸太阳依然很轻，被乌云轻轻托在空中，要是掉下来，迸裂四散的光热会烧死几个人，不过目前还不用担心。在一些店铺后面的棚子里，几个彻夜赌钱的年轻人大声骂着粗口，好几个女孩已经在夜里被他们用言语触摸过了，即便在冬日，他们手心也湿了又干，指间夹着的香烟在喧嚣中忽明忽灭。又走到一个路口，一辆小推车旁边坐着乞丐，说实话，分不清是男是女，他冲我说了一句话，听不清在讲什么，也许本来就没什么，一句毫无意义的话而已，我低下头，假装冷漠没有发生，如果冷漠发生，也是热情驱使它被隔离出来的。

在路口，还是坐上了车，是碰到的，不是我叫的。这样措辞内心也未必平衡。在后座上，我开始给陆陆打电话，反复打，一遍又一遍地打，对面一遍又一遍地重复着，对不起，您拨打的电话已停机。我幻想这个女声就是陆陆本人，她正故意一遍又一遍地向我播报那句话，当然她的声音好听得多，像林忆莲和谢安琪的结合体，但比她们任何一个都好听，可不是盖的。我早应该给她打电话，可我不敢，只要一拿起电话要跟别人说话我就害怕，更别说是陆陆，存她号码已经好久了，我从没想过给她打，哪怕是现在。拿着手机瞧着这组数字，拨过去之前还犹豫了一下。大概也就听了二十来遍的语音提示吧，最后我把手机扔在大腿上，仿佛射精二十多次虚脱了似的。司机三十来岁，虚胖大叔，一张硕大的脸透过后视镜偷偷观察我，也许出于职业的本能。他的眼睛其实很俊俏，我是说，从后视镜里的角度来看，很有魅力，特别是那被放大了的一圈发紫的眼皮。应该说，任何窥视的角度都挺美。车子驶过一片田野、一片密林，远处的丘陵坡线自南向北隐隐透亮，还可以看到更远处的灯塔，过了一会儿，车子从桥墩旁驶过，不远处的铁路线和公路平行，墨绿色的铁轨悬在高处，跨越海峡的列车大约在下午三点进站，在此之前，它与自然融为一体，不会发出闷响。之后，车子又驶回城区，从那些狭小的巷子里穿过，车窗便蒙上了一层薄薄的红土。这个地方的脏污至少持续了半个世纪以上。到了岭子西街，下车后，我整个人都有点恍惚。既熟悉又陌生。我只在十多年前来过这个地方。小时候读过县志，上面写着这里是城镇最早的集市中心，后来别处发展了，这儿便衰落下去，变成了一条村落，城市里的村落，和别处的高楼相比，这里都是平房，是一块不断下沉的谷地。每经过一户人家，我都停下来思考半天，确认从前是否经过这里。记忆里，巷子两边都是土黄色的骑楼，屋檐和柱子上还留着泛青的雨水刻痕，孩童时从旁边经过，好奇的目光久久盯着它们不放，而现在，取而代之的砖瓦房只是让我感到一种持久的疲倦。奥德赛在卡吕普索的海岛上第一次看到赫尔墨斯的那种疲倦。这里连门牌号也不齐全。有的缺了一半，剩一半短促地嵌在墙里。找到九十一号不是一件容易的事情。鸽子在电线杆上叫唤着，更多的同伴则展示着振翅的声音。过了一会儿，我来到那个地址的门前，这个地方，以前好像是粮所，因为门前两根长满黑苔的石柱被人用石子刻了那么两个字。柱子后是一面白墙，中间是一扇刷了绿漆的铁门，一进去，里面还有一个大院子。几棵树，中间都架着吊床，围墙边上垒满了干柴和水泥，中央有一口压水井，五六个水桶围在四周。院子内侧是一栋 L 形的小矮楼，靠近院门的一楼住户门前，坐着一位年迈的老婆婆，正往碗里挑玉米。我朝她走过去，刚好她也抬起头看见了我。我问她：阿嬷，这儿是不是有个叫孔舒华的人？她嘴巴微张，然后说，是，有。用手指着二楼靠楼梯的一扇门，说，就住那里。我道过谢，走向内侧的扶梯，沿着它上去，楼道墙面被熏得发黑，写满了各种字，脏兮兮的。走到那扇掉漆的木门前，我敲了几下。一开始没有反应，又敲了两下后，我隔着门听见里面有些窸窣声由远及近，像浪潮一般，我不由得紧张起来。门一开，露出一个硕大的头发微卷的头颅，大概刚从被窝里爬起来，睡意蒙眬，身上穿着湖蓝色条纹睡衣，跟他的头颅相比，四肢显出一种比例失调的瘦小，但他的骨架让人感觉很有力量。我们对视了一眼，他的表情凝滞了一下。你是孔舒华先生吗？我开口说。他眯着眼，说，是。我说，我姓关，你叫我小关就好，我是……陆陆的朋友。他似乎没听清，皱了皱眉，说，陆陆？我说，弹钢琴的，陆陆。他还是一脸茫然，但对这句话似乎有所触动，嘴唇翕动了一下，应该是想说点什么。我便进一步说，你认识林勃吧？他立即睁大了眼睛，上下打量我，你找我有什么事？我说，能聊一聊吗？他沉吟了一下，然后用手撑开门，往后退一步，说，进来说吧。我特意观察了一下，他走路时看起来身体健全，摔断腿的传闻似乎在他身上没有留下任何痕迹。

于是我走进他的房间，一个只有三四十平方米的逼仄的房间，光线也不好，只有一扇朝东的老式矩形木窗，阳光透进来，刚好钉在墙上的日历上。门边靠墙是一张长椅，铺着类似亚麻的垫子，上面有几个枕头、箱子和散落的书，几乎没有坐下的空间。一个红色的枕头掉在了地板上。墙上挂着一台坏了的电风扇，积了很多灰。房间更里侧是一张矮床，床前有张桌子，堆满了各种各样的杂物，桌下摆着许多灰色的画框，再下面压着几双鞋，一双靴子的银色绒毛从鞋口露了出来。桌子和凸起的墙柱中间，夹着一米多高的画架，底下是滚倒在地的石膏头像，瞧上去像是阿格里巴，很脏，少了一只耳朵。没有看到什么画作。墙上也没有，只有一个相框，照片上的青年站在黄花岗烈士陵园里。一张年代久远的照片，似乎和他本人没什么关系。大部分东西都是房东的，孔舒华说，还不能动。他留意到了我四处打探的目光。他把桌子前的椅子搬到房间中央,让我坐，然后回身走到床边坐下，我们隔着四五米远，对视着，我不知道他是否是故意的，有一种直逼而来的尴尬，差不多就是上次在林勃书房里的情况，不同在于上次是因为距离太近了。在这种光线条件下，我不太能瞧得清孔舒华的面孔。这里租金很便宜，他开始说话，现在这种房子也不好找，找了挺久才找到的。我说，没有卫生间，是吗？他说，在外面，一楼，不是很方便就是了。这时我想到了自己的屋子，卫生间同样在外面。某种同位性。你现在还画画吗？我问他。他回答，画呀，一周画一幅。我说，好像没看到你的画。他从床底抽出一幅，然后站起来，从墙边拉过画架，把画放在上面。做完这些他又转身坐回床上。那是一幅布面油画，背景是蓝色，往上一层是红黑交叠的色块，呈雾状从背景逸出，更外围的地方，勾勒着随意、毛糙的黄色线条，线条之间好像没什么联系，有些胶结在一块，咬在一起。整个画面看不出像什么东西，一定要说的话，就是中间的位置，仿佛一只手托着松散的臀部。我朝他瞄了一眼。他说，最近画的，比一年前，在荔枝园的时候画得好多了……我插嘴说，我也是从荔枝园过来的。他说，我知道，能猜出来。我说，因为我提到了林勃？他说，因为你的气质。我看见他挤出了一个干净的笑。我说，我想知道，在荔枝园里真的一幅画都画不出来吗？他说，也不是画不了，还是有几幅的，但都被我撕掉了。我问他为什么撕掉。孔舒华说，那样的画不应该留在世上，不是说不好，恰好相反，画得很好，只是有点不像我画的。我说，什么意思？他说，就是那种……很陌生的感觉，你知道吗，那种感觉很吓人。我说，那你到底画了些什么？听完这话，他还真做出了费力思索的样子，接着长舒了一口气，说，记不起来了。或许那些画从来就没有存在过，只出现在我的大脑里。他看着我，突然笑了笑，说，我只是没想到，你竟然会来找我。我说，我也没想到会碰面。他说，是啊，这应该是第一次，荔枝园前任管理员和现任管理员的碰面。我说，你之前没想过去找其他人吗？我想把所有人叫到一起，如果有可能，也想听听他们的说法。他说，这个想法很大胆。只是要凑齐所有人，恐怕是做不到。我说，为什么？他说，有的人好像失踪了。我吃了一惊，怎么回事？他说，不清楚。就是给家里人留了一张纸条，也没说明去哪儿，就这样出走了，后来也没任何消息。我问，还有其他人呢？他说，另外两个人，一个去了外地，好像在四川，另一个倒是留在本地没走，在老家种甘蔗，但怎么也联系不上。我说，他们都创作吗？我是说……像你这样的。孔舒华似乎有点惊讶，他的目光瞥向我面前画架上那幅画，接着停留在我身上，说，当然了。写作、画画、装置艺术、手工艺、田野行为艺术，都玩，难道你不创作吗？我摇摇头，我不会。我听见他深吸了一口气，发出了一些尖锐的声响。原来如此。孔舒华点点头。他别过脸去时，从我的角度看，就是一个明暗分界的菱形。但是我们都在消失，他突然说道，你意识到了吗？我轻轻地"嗯"了一声。他说，不管是刚才提到的几个管理员，还是我和你，我们都会消失，渐渐地慢慢地变淡、褪色，变成空气，最终在这个世界里消失不见。我说，我们都会这样吗？他伸出了一只手，观察着，似乎那手正在逐渐汽化，然后说，肯定会的。我们沉默了一会儿，本来憋着很多话要说的，但和他聊天的感觉却让我有所犹豫，不是说我们无法对彼此完全坦诚，而是交流中仿佛产生了蒸腾的雾状旋涡，每句话都被吸进去，音量全无。好像两个人都只动了嘴唇。话语传送到的目的地是空无，等会儿我从屋子里走出去，面对的又是另一种空无，所有的东西都能保留在这个房间里吗？他突然问我，你是怎么找到这里的？我回答，地址是陆陆告诉我的。他说，陆陆？那种口气听起来似乎对这个名字很陌生。我问，你不认识陆陆？他说，不认识。我说，林勃家的钢琴教师。他说，你说的是蒋坤吗？我愣了一下，那是谁？孔舒华没有马上回答，他拉开面前桌子的抽屉，翻出一沓照片，挑出了其中两张，然后走过来递给我，说，就是这个女人，在林勃家给他侄儿当了三年的钢琴教师，但实际上她来这边已经六年了，辽宁丹东人，在北京上大学的时候遇见林勃，就一直跟随他，关系不明不白的。传闻说她当林勃情妇好多年了，林勃本来有老婆，后来离了，反正跟她脱不了干系，林勃要来这儿办荔枝园，她也一路跟来。我瞧着那两张照片，毫无疑问就是陆陆本人，那张面孔我再熟悉不过，像印在了脑颞叶上一般，哪怕闭着眼睛我都能认出她来，因为我在梦里见过她太多次了。其中一张照片是她一个人坐在咖啡馆里，眼神空乏，很孤独的样子，手中的白色瓷杯反射着橱窗透进来的光线。另外一张照片则是两个人，她和林勃，他们站在阳台的栏杆边，身后是一幢陌生的建筑。林勃斜靠栏杆，脸转向画面右边，可以完整地看清楚他的侧脸，带着某种欣赏而沉迷的表情，也许栏杆外的远处有什么东西。陆陆在他身前，也正朝那边看去，她的脸偏向镜头，在笑着，神采飞扬，厚重的眼影给她镀上了一层迟钝感。他们挨得很近，她在腾飞，他一只手搭在她的肩上，另一只手托住她的腰，动作很隐秘，像要发力把她推下栏杆，又像是扶着她使她不至于摔下去，两种可能性都能很好地解释这个凝固的画面。我朝孔舒华看过去，说，这些照片都是你拍的？他点头说，是，还在荔枝园工作的时候就开始跟踪和偷拍他们，大概拍了几百张吧。我说，现在还在拍吗？他说，早就不拍了，自从那次出事以后。我知道他说的是从坡上摔下去把腿摔断的那次。那件看起来很蹊跷的事情。不过我暂时不想问这个。你说的这个女人，她就叫蒋坤吗？我问他。他说，没错。我说，我以为她叫陆陆，所有人都这么叫她，林勃、其他人，还有她自己也这么叫。孔舒华说，应该是化名，真名就叫蒋坤，档案上就这么写的。我说，她和蒋莎是什么关系？蒋坤、蒋莎，是两姐妹？孔舒华有点错愕，蒋莎是谁？我说，就是林勃真正的情妇，一个老县长的老婆。孔舒华摇头说，我没听说过。我吃惊地瞧着他，说，你是认真的吗？接着我把蒋莎的长相身材大致向他描述了一下。每次饭局上她都会出现的，我跟他说，你不会不知道的。孔舒华摇着头，一脸茫然。我只认识一个女人，他说，那就是蒋坤，不管是在饭局上还是哪儿，她都是和林勃走得最近，也是最耀眼的那个。巨大的惊愕使我不由得从椅子上站了起来，大脑飞快转动着，莫非孔舒华在荔枝园那会儿林勃还没有和蒋莎好上？很有可能，我刚来荔枝园时，孔舒华已经从这里离开半年了，他是真不认识这个人，这个女人从未出现在他的视野之中。我第一次去林勃家里，也是第一次见到他的情妇，那个在毕加索的画下面坐着的女人。想到这里，那个女人的影像顿时清晰起来，包括她盘腿的姿态，白皙的肤色，颜色里的冷酷和暧昧，虽然我们当时只对了一眼，但此时，那一刹那的印象纤毫毕现地复活在我的脑中，正是如此，我又同时感到迷茫，因为我发现自己根本不认识她。对她的印象仅限于那一瞬间。往后的印象又严格区别于这一印象。我甚至不清楚她是否就是蒋莎。如果她不是，那蒋莎又是谁？我在林勃家的楼顶，长久偷窥着的那个仙鹤一般的女人是谁？我一路跟踪到防空洞，和怪人说话的女人又是谁？我感到一阵眩晕，耐心已经开始虚浮发泡，也许还有更理智的解法：我应该相信我看到的事实，孔舒华也应该相信他看到的事实，两者并不矛盾，因为每个人观看而获得的东西都是不一样的。陆陆就是陆陆，不是别人，也不是别的什么称谓，在我眼里，她这个人和“陆陆”这两个字唇舌交碰的发音已经合为一体了。我还记得上次在林勃家的后院，在那棵树下，我亲眼看到陆陆和蒋莎两个人交谈的样子。虽然什么都听不到，不能确定她们是否真的说了什么，但她们俩面对面时表现出来的那种惊人的默契，她们眼神里流露出来的一刹那的闪光，仿佛是镜子的两面。我追踪和捕捉的只能是其中一面，陆陆或蒋莎，两个生动而扑朔的个体，我能感受到那种细腻而充满引诱的接触，尤其是躲藏在角落里,孤独地窥视着她们的时候。我重新坐回椅子上，情绪渐渐平复下来。孔舒华给我倒了一杯水，放在另外一张椅子上。我盯着那只搪瓷杯子杯沿上凝结着的咖啡斑痕，没有接过来。她昨天写信给我，我说，她已经离开这里了。孔舒华说，你说蒋坤？我说，是。孔舒华问，她要去哪里？我摇头，她没说，也许回北方了。说到这里，“北方”这个词一下子刺中我的心脏，北方对我来说是异域，对她来说则是故乡，她在我的故乡待了很多年，终于要回到她自己的故乡了。我们注定背向而行，回到各自的故乡去。我想起几个月前林勃跟我说的一番话，莫名其妙的一番话，又是埃涅阿斯又是奥德赛的，我只记得他引用的这几个典故了，他仿佛在预示着什么。孔舒华从我身旁走过去，在桌子旁边又挑了几张照片递给我。你见过这个了吗？他问我，表情凝重。我拿过来一看，是几张在那个防空洞里拍下的照片，关于那个怪人的。照片边缘黑乎乎的，其中一张拍到了怪人的正面，他受到了闪光灯的惊吓，脖子往后缩着，我清楚地看到他焦黑的牙齿、发肿流脓的嘴唇，以及蒙眬的双眼，皮肤上数不清的皱纹嵌满了黑垢，须发枯黄发白，连上面沾着的秽物也显得清晰无比。我忍不住一阵恶心，连忙把目光从照片上移开，其余照片是洞穴里的其他角落，存放了一些器物，比如一把锄头、一只黄漆的铁盆，在照片上都显现出了一种恐怖的色彩。我把照片交回孔舒华手里，说，我见过这个人，你拍的这些让我想到了那个晚上。他说，第一次看到的时候，很不好受吧？我说，不好受。他说，我也一样。我说，这个人到底是谁？孔舒华回答，你能猜到吗？我说，恐怕猜不到，我只知道，他和林勃有某种关系，不是一般的关系，那天晚上在洞里，蒋莎和这个人说话，我偷听到的。孔舒华说，他是林勃的爸爸。林勃的爸爸！我惊呼了起来，真的吗？孔舒华点着头，说，千真万确。这个人就是林勃他爸，他从不会在别人面前提起他爸爸，外人可能觉得他爸爸早就去世了，但其实他还活着，只不过是活在洞里，永远见不得光。我说，这到底是怎么回事？他爸爸怎么会变成这样？孔舒华说，这事就说来话长了。他爸爸是被红卫兵打成这样的。我说，又是红卫兵？这句话几乎是失态地喊了出来。孔舒华奇怪地看了我一眼，接着说，就三十来年前吧，其实这个事我也不太清楚，我是费很大劲儿才从知情人那里套出了点话，说是他爸爸被抓起来批斗，狠狠地挨了几顿打，那时候林勃全家人都和他爸划清了界线，谁也没有去管。他爸一个人在野地里躺了五天五夜，竟然没死，又爬回来了。我惊讶地说，这怎么可能？那饿也饿死渴也渴死了。孔舒华说，你知道他怎么活过来的吗？我想了想，总觉得自己应该隐约知道这个答案。孔舒华目光炯炯地盯着我，他颧骨高耸而冷酷，在昏暗的屋子里泛着黄铜色的光，仿佛这个问题是对我的终极考验，只要我回答不出或者答错了，那块尖锐的骨头就会扑过来，从我的嘴里进去，刺进我的肚子里。突然间，一道图像在大脑中出现，犹如老式电视机关机前的荧光一闪，虽然只是一瞬间，但我抓住了那道图像的碎片，是我最熟悉也最陌生的碎片，就是第一次和林勃见面时，关于黑色和肃穆的那一部分。难道是……我不禁张大了嘴巴。孔舒华说，你想到了吗？我说，应该是吧。我们都被这个东西困住了，对吧？孔舒华笑了笑，说，确实是这样。说完这句话，他慢慢地往床边走去，坐下来，长舒了一口气，像刚完成了一项艰难的工作。他突然高声说道，这就是缘分啊，这是孽缘。我说，这叫“历史的噩梦”，是蒋莎说的。孔舒华好奇地说，她说的？我说，那晚我跟踪她到防空洞里，她对林勃的爸爸这么说的，历史的噩梦，她说，她要亲手终结这个噩梦。孔舒华笑了起来，说，我不认识这个蒋莎，但我真想瞧瞧她会怎么做。接着他话锋一转，不过，我得提醒你一下，林勃身边的女人，都不值得信任，你知道我的意思。我说，你指的是陆陆？他说，蒋坤，就是这个女人。我说，你喜欢她？他苦涩一笑，已经是过去式了。我说，你现在还喜欢她。他摇摇头，没人会一直毫无希望地喜欢。哪怕你再喜欢她，她都跟一个黑洞一样，不会有任何回响，你会一直喜欢这样的黑洞吗？我说，我不知道。孔舒华说，你也不会的，这是那次我从陡坡上摔下去之后才想明白的，摔过一次你才会知道。我问他，那次发生了什么？孔舒华说，是她把我推下去的。我不由得睁大了眼睛，你说什么？孔舒华说，那晚我跟踪她到土坡上，跟往常一样，在坡沿上，不知是谁突然从背后狠狠地推了我一把，我连带着照相机一块栽了下去，滚到坡底，说实在的，那时我一点也感觉不到一条腿已经断了。说着，他低下头瞧了瞧自己的左腿，说，现在我都常常觉得，好像这条腿不属于自己，它好像早已经不在了。我说，你觉得这是她设的圈套？孔舒华说，圈套、恶作剧、恐吓，或者说是报复也好，都是她的伎俩，也是林勃的伎俩，是他们的伎俩。我说，你这么确定是她推的你？孔舒华说，我感觉得到，那一瞬间的事情，不会有错的。我说，也许他们觉得你威胁到了他们。孔舒华说，嗯，我到处跟踪和偷拍，他们肯定有所察觉了。我问，后来怎么样了？孔舒华说，我当即痛昏过去，醒过来时相机不翼而飞，准是被她拿走了。她可能不知道我有备份，这些相片我都小心地洗了好几份，不是说一定要作为证据什么的，它们的存在是一种提醒，提醒我这个空洞的现实不是我想象中那样的。那晚我强忍着疼痛，给朋友打电话，信号不好，但总算叫来了人，找到我时已经是凌晨了，我朋友一步步地把我背到大路上去，跟货物一样塞进车里，当时正好是夏天，我们都惨兮兮地出了一身汗，进医院之前，我一句话都说不出来。

孔舒华的话让我感到了些许痛苦。在字句的缝隙中，他的痛苦过渡成了我的痛苦，而真正抵达我这边的时候，我怀疑自己的痛苦显得十分粗鄙。我仿佛看到葡萄状鲜美欲滴的怨恨从他的胸腔里渗出来，从头到尾他一直显得很克制，每句话都干脆利落，尽量为我还原一个真实的故事。可我知道这对他来说也是不可能的，哪怕他看起来是那么冷静的人，事情过去了这么久，就像他说的，“这条腿常常让他感觉并不存在”，但那份痛苦也还能把他从消失和褪色中拉拽回来。荔枝园的那段经历，对他的艺术创作有没有特别的影响，我不得而知，我不懂艺术，看不懂他的那些画。像我这样平庸的人会在荔枝园里留下什么呢？林勃大概是选错了试验的对象。说实话，到现在我也没明白林勃选我的原因。因为我一无是处吗，还是因为我是橡皮人，可以任意改变形状？孔舒华吐露的信息，我只当成信息而不是真相，因为真相要自己找出来，别人只能推你一把。他看到的并非就是我看到的。就像我看到了蒋莎而他没有一样。他看到的蒋坤也并非我的陆陆。看不见的沙盘在转动。我在这间斗室里所能获得的信息也是有限的。我只把它当成启示,感谢孔舒华，感谢他给我的启示，可能是一次极为重要的启示。我现在有点明白陆陆在信里提到的那种预兆了。我也应该走了。我站起身，对面前这位前任管理员说，我要走了。他点点头，并没有多余的动作，仍然坐在床上，俨然成了一座石膏塑像。我走到门边，吱呀一声，扭开门锁，已经是中午了，外面冬日的太阳竟让我有些眩晕。深吸一口气，我知道这是这个冬天里为数不多的好天气。

13

我没有忘记我妈妈。一位大概从怀孕时就讨厌我的母亲。其实很多事情我早就知道。她没有给我喂过一口母乳。满周岁前从不和我一块睡。没参加过一次家长会。八岁那年我做出了第一件木制手工，她以占地方为由连同别的东西一块卖给了收破烂的。九岁时因为和仇人的孩子一块玩耍，她把我带回家打了一顿。十岁时家庭破裂,她把所有和我爸有关的东西都清理掉，有一次我从小区的垃圾桶里捡回一只木飞机，那是我和爸爸一起完成的手工，她知道这件事后很生气，当着我面把木飞机远远地扔出门外。她还跟我说，你出去。那是一个最黑暗的夜晚。我蹲在小区路口的灯下哭了好几个小时。最后她才来把我领回去。我当然知道她讨厌我，但我也知道她爱我。我对她的情感也是这样的。没有一种爱是纯粹的。爱和恨互为影子，人和人之间不是随随便便就有这种高级情感的。有时候我会想，人既然能轻易享受爱的愉悦，为什么不能去享受恨的纠缠呢？我说的是同一个意思，享受。在回去的路上，我在心里把一串数字默念了一遍又一遍，完全是无意识的，我妈那串手机号码一下子浮现在脑海里，只要打开手机通话记录，几乎每条都是那串数字。我能通过这串数字和她交流，爱她，或者讨厌她，但我不会忘记她。这次我没去见她，因为有别的事情要办，一件事，也可能是两件事、三件事，归根结底，在到达某个愿望之前，我还没有见我妈的打算。我知道接下来要怎么做，此刻我的头脑比任何时候都要清醒，因为这个夙愿并不是临时起意，可能一个月甚至两个月前，我就有近似的想法了，它深植于荔枝园那片土地里，是几任管理员合力种下来的。第一天踏进荔枝园时，我接触到的只是它的种子，而到了今天，我完全可以勾探到这棵巨型植株的根部。它深藏在地表之下，需要有人让它重见天日。需要一个真正有行动力的人。或者说，前任管理员们都做出了一部分拼图式的行动，而我是最后那个，把塔尖垒上去的那个人。回到荔枝园里时，碰到几个工人在树下，架着梯子修理树梢。我当然不可能再参与这样的工作了。他们一见到我，立马收回目光，唯恐避之不及。不过光凭这一眼，我就能断定，昨晚制造那场恶作剧的，肯定也是这批人。我留意到小陈也在这些人里面，我差点认不出他来，他换了一个发型，剪成了板寸，却仍然掩盖不住花白的颜色，很奇怪，以前我不觉得他有这么多白头发。小陈脸色苍白，双唇紧闭，嘴角处形成一个艰难的褶皱，他经历了什么？也可能是身体抱恙。我站在几米远的地方观看着，过了一会儿，明显感觉到了工人们的怒气，也许再等一分钟，他们就要过来打我。当然了，我和他们都没什么交情。一起玩过几次牌不算交情。一起在荔枝园劳作不算交情。一起闲扯淡也不算交情。其中好些工人的名字我都不记得，我刚来时，他们每个人都自我介绍过，不过我从来没有用心去记住他们。很正常，我向来如此。印象里，他们是一群皮肤黝黑、塌鼻阔嘴的中年男人，当地人都长这样，包括我自己，相比北方，我们的长相更接近东南亚人，这是一种让人懊恼的天赋。平时我没法直接看到自己，只能看到别人，每次看到家乡人的这副模样，我都会不由得产生一种厌恶，当然了，这种厌恶更可能是源于对自我的厌恶。我转身朝自己屋子走去，还没走到屋前，远远就望见了屋门洞开，心里不由得一沉，我记得自己是锁好门才出去的。我连忙加快脚步，跑进屋里，只见一片狼藉，书架上的书和碟片散落一地，玫瑰花盆也掉在地上，摔碎了，床底下软软地趴着小玩具，被子也一大半披在地板上，音响压在上面，CD 机卡在桌子和墙根之间，新买的门锁被撬断了，扔在门边，木门上还可以清晰地看出几个沾泥的脚印。老实说，看到这种场景，一开始我是有些难过的，我杵在屋里，不知所措，就像一个被台风打击过的果农。我在床边坐下，时间一秒一秒冷酷地在心里敲响，渐渐地，眼前景象被我从意识里抽离，应该说，我冷静了下来，这里发生的事情似乎与我无关。我重新叠好被子，堆在床上，把音响和CD机摆回原来的位置，重新整理好书架。把碎花盆和土块扫在一起，用簸箕运出门外。玩具重新在书架上摆好。花了不到十五分钟。其实什么也没有改变。改变的仅仅是某一个瞬间的情绪。他们这样做只是为了激怒我，让我难堪，而我越生气、越懊恼就越着了他们的道儿。一个单词突然从脑海里蹦出来。M-e-s-s-i-a-h。也不知道是从哪儿看到的，开口，闭齿，再张开，尾音充满翘望和赞美的愉悦，但我清楚地知道，弥赛亚并不会光临这片靠近热带的红土地。弥赛亚不会降临，能依靠的只有自己。我往CD机里放了一张伯恩斯坦的碟子，声音卡了很久才出来，我还以为机子被弄坏了，幸亏没有。要一直这样把音乐放下去，只要我人还在这儿，我就会让音乐始终充盈房间，从今天持续到明天。

当天晚上，我把床挪到门边，顶着门睡的。夜里没发生什么。第二天早上，我打算出门到集市上买些必要的东西。原本停在屋后的电瓶车被人牵走了，我只能走路去，得走近一个小时。

走在路上，田野间的晨风吹拂在脸上，心情很好。我闻到一股久违的清新的自然气息，似乎是从附近的鹰婆岭吹来的，收割后的甘蔗林散发的清香，又或者是稻蒿在田垄上逐渐风干的味道。闻到这些，我感觉好像又拥有了七岁在乡下老家时敏锐的鼻子。这或多或少勾起了一丝田园牧歌式的理想，使我不至于太厌恶故乡。我还是过于年轻。到达市镇时，卖早餐的路边摊还没散，我点了一杯豆浆和一碗腌粉。之前也和林勃在市镇上吃过腌粉，那时他无话不说，现在想起那些话，真假难辨，他居然和我说过那么多话，吃过那么多顿饭，一些事情保留在记忆的层面上就会变得复杂和可怕，不过还好，这些好像已经过去半个世纪了。吃完早餐，我继续在街上晃荡。今天镇上没多少人，或者到了中午人才比较多，这里确实没有出早市的风俗。远远地，一个五十多岁的牧羊人赶着一群黑山羊走在大路上，从身旁经过时，我惊讶地注视着他和他的羊群，这还是我第一次和他们这么近距离地接触，先前只是在荔枝园后面的草坡上远远望见过他们，那是模糊而孤独的影子。没想到竟然会在大街上偶遇。羊群像黑色的潮水包裹着我。它们橙黄色的眼睛冲我眨了眨，身上带着炙烫的气味，直到最后一只山羊离开。我站在原地，还在回味着刚才擦肩而过的一瞬间，彼此的相似性。我从大街拐到小路上，两边是低矮的居民楼，二楼阳台整齐地种着花草，幼儿园也在这条小路上，经过那间楼房，外墙上涂着的儿童画有些已经掉漆了。接着，在前面一家鸡鸭鹅大排档处左拐，拐回原来的大街上，顺着路往前走，两边是店铺，目不斜视地从它们前面走过去，我知道自己要找的商店在哪里。再往前走几百米就是旧圩，那边有一间老的学校，旧圩的中心小学，现在几乎已经变成了一片宽阔的广场，中间有一根光秃秃的旗杆。我在广场停留了片刻，曾经有一群矮小的、个子不足一米五的躯体托着滚圆乌黑的脑袋，望着那面业已隐形的旗子敬礼。我也曾有过那样的时刻。在广场上停下脚步，感觉到远处被草坡咬合的石堤仿佛在缓慢移动，它在向我慢慢移来。这也是一个普遍的感觉。似乎随时都可能有一个陌生人向我走来，拍拍肩膀问我，最近怎么样。我没有等他走过来就从旗杆边上走开了。我返回来时的街道，走上路的另一侧，在花鸟市场逗留了一会儿，然后在附近的商店里买了口香糖，放在嘴里嚼着。穿过市场，是一个两米宽的巷子，从左到右穿过巷子，来到一个十字路口，更多的巷子汇流进来，连接着周围密集的红砖房，一个又一个平躺着的红巨人。我从它们身旁走过，不知道绕了多久，在一处房子后看到通向屋顶的扶梯，我观望，沿扶梯上去，坐在屋顶，然后又下来，等我从这片住宅区绕出来，嘴里的口香糖已经给我嚼得一点味道也没有了。我再次转回到大街上，在一家五金店门口，把口香糖吐进装垃圾的箩筐里，侧身走进去。坐在前台的是一个二十出头的同龄姑娘，可能是店主女儿，穿着一件灰白色的运动外套，进门时她快速瞄了我一眼，马上又懒洋洋地低下头去。我在店里转了转，回到前台，对那姑娘说，我要买斧头。她眼睛朝店内一瞥，说，自己挑吧。我说，有没有好用的推荐？她摇摇头。我说，砍树好使的。她说，那你还不如用电锯。我说，有没有锯子,就普通的那种。她说,那你买爱丽斯吧,日本进口的。我说，还有别的吗？她说，京岛的园林锯，大锯齿的，也好用。我说，那我还是买斧头吧。她问，你要进口的吗？我说，不用。她朝地面的筐里一指，说，这里有一堆，手工做的，二十块一把，随便挑。筐里的斧头每把都差不多，很朴实，我随手挑了一把，放到前台。这时，我想了一想，又转身去架子上拿了一把爱丽斯的锯子，和斧头放在一块，两者在木制台面上相撞时发出清脆的响声。两个我都要，我跟那姑娘说。一百五十八块，她说。我付了钱，向她要了一个纤维袋，把斧头和锯子都装进去，走出五金店，站在大街边，时间是十一点过一刻，云层慢慢地把太阳包裹了起来。中午过后天色可能会更阴沉。我犹豫要不要在外边吃完午饭再回去，但现在并不很饿，也可以回去随便弄一弄，冰箱里还有些面条和速冻饺子。我朝市场门口的方向走去，那里有摩的可以搭乘。在门口，我买了一些新鲜的荔枝，也一起放进纤维袋里。买好荔枝，转过身来，一个人突然出现在我的视线里，像极了林勃，等我看清他的背影时更确信了这点，他穿过市场门口的人群，脚步匆忙，似乎在赶路。我连忙跟上去，刚一看到他，心头突然没来由地一阵激动，差点要张口叫他。我也不清楚为什么自己会这么激动，可我手里还提着纤维袋，里面装着斧头和锯子，难道要在这种情况下跟他见面吗？过了一会儿，我冷静下来，暗自庆幸没有一时冲动，林勃仍然在前面急匆匆地走着，没有觉察到我，他大概是没有机会再见到我了。我们一前一后沿着路边走了一段，虽然不长，可能都不到十分钟的路程，但在这个过程里我感到了一种报复的快乐。最后林勃钻进了一辆停在路边的小车里。不是我熟悉的那辆。那瞬间我甚至怀疑自己认错了人。也可能不是他，不过长得像而已。觉得长得像也只是看到的那一瞬。小车开走后，我蹲在路边，疲乏的浪潮渐渐袭来。

后来我还是叫了一辆摩的坐回去。总不能再走回去了，因为手里的纤维袋实在是很重。回到荔枝园的屋子里，音响还开着，我把袋子往地上一扔，筋疲力尽，在床上躺了好一会儿，然后起来热了一下饺子，快速地填饱肚子。有了力气才能开始想怎么处理袋子里的这两件工具。在黑夜来临之前。假设我还要出门一趟，绝不能带着它们，也不能放在这间屋子里，任何一个角落都不行，我设想过，不管是冰箱后面、书架后面，还是床底下，都很容易被发现。想了一圈，我把荔枝从袋子里单独拿出来，提起袋子走到屋后，观望四处无人，用放在墙边的铲子在地上挖了一个坑，把斧头和锯子都埋了进去，填平。尽量不露痕迹。但愿不会被人发现。我心里怦怦直跳，放好铲子溜回屋里，坐下来后，我开始想：还有好几个小时，这天才算过去，这时间该怎么打发？说也好笑，以往我在荔枝园里，唯一能拿出来夸耀的本事就是挥霍时间了，而且是一本正经地挥霍时间，现在反而得为这个发愁。书是肯定读不下去，觉也睡不着，虽然疲惫，但是并不困，这两者还是有区别的，心理和生理上的区别。只能听音乐了。一首交响乐，短的半个小时，长的七八十分钟，瓦格纳的歌剧就更不用说了，动辄五六个小时，足够消遣。我把书架上的CD都翻出来，一个个排列在地上，摆满从书架到床的几步距离，其实也没有很多。我心想，等把这些全听一遍，我再出门。当然了，这是不可能的事。长久的时间不可能浓缩成一瞬，一瞬也不可能被反复经历多次。三十来张CD里，我最终挑出了五张，能听完这五张也不错了，可能还是有些奢侈。我决定先把马勒的《第六交响曲》挑出来，托马斯·桑德林指挥圣彼得堡爱乐的录音，我需要这种音乐来壮壮胆，催促我去做下面要做的事，否则我会无限地延宕下去。或者，一种更合适的解释是，我能从这首曲子的强烈预示中得到共鸣，就像马勒的夫人阿尔玛说的，他们夫妻同时为这首曲子感动，“古斯塔夫和阿尔玛的眼泪”，也可以当成是这首曲子的别名。没有什么比失爱的预示更让人惊惶。我抱膝坐在床上，连第一乐章都没有听完，刚到牛铃的片段，我便跳下床，迅速穿好鞋，披上外套，做好了出门的准备。我知道自己要去哪里。在夜晚来临之前，我还得去做一件事。我提着装好荔枝的袋子，走出荔枝园，朝林勃家的方向走去。走上那条田间小路，越来越靠近林勃家时，我产生了奇妙的感觉，像第一次去他家那样。我只是站在林勃家前面的路口，远远望着那扇大门，雕着金叶子的红色铁门，在暗沉的天色下显得温驯而寂静。一个年轻的骑士路过前朝的荒凉古堡，也只是眺望一眼，然后拍马从旁悄悄而过。起风了。下午的气温比早晨还低一些，太阳已经完全消失在云层里。我把外套的领子往上提了提，转身朝西边的小路走去。我只能凭着一点印象摸索着往前走。其实，那晚的记忆已经不大可靠。虽然是白天，但比那晚走得还要艰难，那晚我只要跟紧蒋莎就好了。我记得途中还摔了几跤。我还得回忆当时摔跤的位置，还有那时的痛感，把它们从记忆里标注出来。走过几片田地，其中一块可能是青椒地，在田垄上穿行，我闭着眼睛，还能回想起地势先由低转高，再转低，最后就像走入干涸的湖底，所有事物都在下沉一般。这时，我面前出现了一个广阔的大草坡，草尖差不多到小腿二分之一处，我不记得那晚有过这种感受，踩在这些草上面，仿佛绿色的云气抚弄着你的脚。再往前走上几百米，就可以看到远处丘陵的边缘，种着一排整齐密集的桉树，如果这就是那晚看起来阴森可怖的树林，未免也太滑稽了。虽说在这个时候，在阴天的衬托下，树林也不像往常那么浅薄活泼，注视着它们，反而感到一种难言的伤感，我似乎能看到它们不可靠的根部。前面就是陡坡，坡面的草丛里偶尔露出尖锐的石头，恰好可以踩着石头下去，每个动作都小心翼翼，比那晚还要小心，花了十分钟才下到坡底。一切看起来都不真实。在坡底，我闻到了一股腐臭，路边躺着好几具鸟尸，我还从没在我们这儿见过这么大的鸟，我们这儿大体型的鸟在八十年代就被打光了。从羽毛上来看，这些鸟应该属于鹭鸟科，可能是外地飞来的候鸟。我捏着鼻子，从它们身旁走过。我不太确信自己能找到那个防空洞，只能不厌其烦地沿着坡底边走边找，那晚实在没留下多少有效的记忆。幸运的是，这次下坡的位置没有偏离上次太多，很快我就瞥见了防空洞的入口，洞口阴森森地透着冷气。我弯下腰，贴着墙壁，往里走了十来步，通道逐渐变宽，一股难闻的酸臭味钻进鼻孔，跟上次一模一样的气味，比路边腐烂的鸟尸还要难闻十倍。我强忍着恶心，继续往前走，光线已经很暗了，我打开手机的手电筒。走着走着，就到了洞穴的尽头，一道石砌的墙壁堵住去路，左右两边各有一个斗室。正好和记忆重合。林勃的父亲就在右边的斗室里。我不由得感到一阵紧张，紧张得喘不过气来，四周一片阒静，一路过来，除了我自己弄出的声响，再没有别的声音。我已经拿不准，当我走进去林勃的父亲在或不在，哪个才是更让我害怕的结果。我蹑手蹑脚地贴着墙溜了进去，这时我看清楚了斗室内的一切。说不清我是不是暗自松了口气，里面的情况和之前见到的一样，可能只有到了这时候，我才真正相信上次的经历既不是幻觉也不是梦境。林勃的父亲就在那只大铁笼里，他四肢张开伏在笼底，静悄悄的，没有察觉我进来,好像已经睡着了。林勃的父亲正处于睡眠之中。有点出乎意料。他睡觉一点声音也没有，枯黄发硬的头发竖在脖子后面，如同一只襁褓中的刺猬。我把荔枝放在地上，坐下来，打算在原地等他醒过来。唯一消磨我耐心的是室内无处不在的恶臭，大概是秽物、汗臭和霉味混杂在一起的味道，可能是这世上我闻过最难闻的味道，可还能怎么办呢，又不能走出去。我捏着鼻子，把头钻进上衣领口里，小心翼翼地吸着自己的体味。没多久，衣服里面也被恶臭填满了，我便去找自己的胳肢窝，体味最浓烈的地方。一口气憋到最后，需要吸气的时候，就一丝丝地把胳肢窝边上的气味吸进去，就这样，片刻后，我似乎出现了某种眩晕，缺氧而导致的。简直是酷刑。在漫长的等待中，我或许会因为缺氧死在这里。不知道过了多久，我听到铁笼里传来了声响。抬头一看，他好像醒了，林勃的父亲——我甚至不知道他的名字，其实我也不确定他是否真就是林勃的父亲，孔舒华的话，我不是百分百相信。面前这个神秘的家伙，似乎醒得比往常早，是我打扰到了他，或是他敏锐地察觉到了什么。室内出现了一个陌生人，对他来说我肯定是陌生的，他对我而言，也没熟悉多少。他双手抓着铁笼的柱子，双腿屈起，脚顶在身后的墙壁上，口中发出不安的低吼。他越吼越大声。我不禁站起身来，朝铁笼走近了一步。就这一步，他显得更害怕了，抬起双脚在墙上剧烈地摩擦。我飞快地思索着，怎样才能让他镇静下来，我来这儿不是为了激怒或者恐吓他的，我设想过很多种我们见面的情景。这时，我看到了地上的荔枝，对，我特意带这个过来的，从袋子里拿了两束荔枝，走到铁笼前面，从柱子中间递进去。他马上就闻到了荔枝的气味，迟疑了一秒钟便一把将荔枝夺过去，放进嘴里，嘎吱嘎吱地吃起来。他很快吃完了，还想要，我又给他拿了几束，他边吃边把果皮和果核从笼子里吐出去。瞧着他吃荔枝的样子，我不由得一阵头皮发麻。他对荔枝的喜爱已经成了生理上的狂热，一种见到或闻到荔枝后引起的、本能的身体反应。在孔舒华家里，他向我讲了故事的前半部分，后面我猜出来了。没有人在野外五天五夜不吃不喝还能活下来。有人救了他，给他荔枝吃。我猜想林勃的父亲当时就在一棵野荔枝树下或附近，救他的也许是恰好路过的善人，也可能是一个可怜他的同村的孩子，把荔枝从树上敲下来，及时送到饿得奄奄一息的他的面前。他连皮带肉地把荔枝吞进去，那是他这辈子吃到的最甜美的荔枝。他永远地记住了那个独特的味道，然后活了下来，变成了现在这样。被殴打和被残害的躯体和记忆都不可复原，只有荔枝，那个神谕般的图像和气味，永远禁锢在他往后的生命里。他变成了这样一个嗜食荔枝的怪物。这是我所能想到的关于这一切的解释。我也尽量相信自己的答案能很好地终结这个问题，这是专属于我的答案。从踏入荔枝园起，我和荔枝园的联系，所有的联系，以及我的存在。我把带来的荔枝全部丢给林勃父亲吃了,一片叶子都不剩，但他似乎还没有心满意足。他把脸凑到栏杆边缘，两颗大眼睛直溜溜地瞪着我，一动不动，如同两颗黑曜石，被衰老、柔软、布满皱纹的眼窝包裹着，幽幽地反射着手电筒的白光。过了一会儿，他的眼神里透出了哀怜，我不确定是不是看错了，在那种情形下，哀怜具有深刻的感染力，我定在原地，和他长久地对视着,动弹不得。他是不是在向我传递某种信息？这么多年来，囚禁在这个铁笼子里，他可能已经不会说话了，只能通过这样的方式表达。你能听懂我的话吗？我对他说。他没有任何反应。你就是林勃的爸爸吗？我说。还是没反应。你要告诉我什么吗？你想我放你出来吗？我不断跟他说话，他却慢慢把头缩了回去，安静地伏在角落里，似乎已经对我失去了兴趣。我抓住铁笼的栏杆，向上用力，试图把笼子掀起来。笼子底下就是地面，掀起来就可以逃出去。可我用了吃奶的力气，也只把笼子抬出那么一两寸的缝隙。这铁笼太巨大，也太沉重了。我感到了某种沮丧和挫败。我既没有把他从这里救出去的能力，也没事先想好救他的方法。林勃的父亲一动不动地伏在地上，仿佛重新入睡了，眼前发生的事情都与他无关，或者是，他早已经预知了这样的结果。什么也没有发生。跟我刚走进来时，他蜷缩在地上的样子完全一致。我最后看了他一眼，悄悄地从洞里走了出去。

回到荔枝园的小屋，我出了一身热汗，实际上外面的温度已经很低，走在路上，风吹得两边脸颊都疼。估计明后两天气温会降得更厉害，又要恢复前段时间的湿冷天气了。我在屋后洗了澡，然后在床上躺了一会儿，拿出手机，给陆陆发了一条消息：我也要做点什么，让我来帮你，也帮自己终结这个噩梦。消息发送出去后，我就再也没多看一眼。管她能不能接收到，反正已经发了。我到屋外接了点水，浇花，看着水珠慢慢渗进泥土。音乐照常播放着。浇完花，我坐在书桌前，拿起上次没看完的撒切尔夫人的自传，我不觉得今天可以读完，甚至不觉得自己能够读完这本书，我只是坐在那里，一行一行地读下去。不知不觉，读了十一页或者十二页，我把书放下来，从抽屉里抽出日记本。已经有快两周没再碰过它了，从日期就可以看出来。七月底我买了新的本子，写下了荔枝园里的第一篇日记，关于在市镇上买了一块五花肉的琐事，在这以后，几乎每天都会在本子里记下一些文字，最短的也有一句话。我这样一篇篇地翻着以前的日记，心里百味杂陈，直到翻完，重新摊开最新的那一页，我想在上面记下几句话，毕竟是最后一篇了，也是最后一天，可左思右想也无法下笔。天很快就黑了。最终我有些生气地把笔摔在桌子上，合起本子，然后站起身，去屋外找了点柴火。我在屋内生起火，拿起日记本，在火堆上方犹豫了一秒，还是投了进去。火焰熊熊地升腾起来，蹿到一米多高，这真是一本好的燃料，以前怎么没发现呢。屋内被照耀得彤彤发亮，从我身后延伸出去一个瘦长的影子，射在灰色的墙面上，一个尖酸、哀矜又虚无的贾科梅蒂式的影子。很快这个影子也淡薄下去，退缩到渐渐熄灭的火堆里，我亲眼看着这堆火燃尽，那本日记变成一片片薄如蝉翼的灰烬，然后我站起身，走出门去。我走到屋后，用铲子把斧头和锯子都挖出来。还好它们还在。今天是周四还是周五来着，这个时间，园里的工人们早早就回家歇着了。我提着斧头和锯子，朝林中走去，四处黑魆魆的，根本看不清路面，我缓慢地移动着脚步，每棵树等我走到跟前才慢慢显形，就像是，触破了包围在它们外边的一层水泡。每从一棵树旁边走过，我都会伸手去摸一下树干，湿润的、光滑的、干燥的、粗糙的，实际上我触碰到的连一棵树的十分之一都不到，尤其是树的上半部分。我抓不到的那些盘曲苍劲、交错复杂的枝条，一直是我最喜爱的部分，在朦胧的月影下，它们身上透出淡泊而古朴的色泽，充满了艺术感。每棵树的枝条都有独特的美。这时我突然意识到，对荔枝园的熟悉感又回来了，而且，现在是一种特别的、跟以往完全不同的感觉。现在才是我和荔枝园联系得最紧密的时刻。四下里只有自己的脚步踩在地面草叶上发出的声响，尽管十分细微，我还是担心会打扰这份静谧。蛐蛐有一声没一声地低吟着。云层飘过来，把月亮遮去半边，只洒下一点模糊而暧昧的光，到了树冠的高度，便被夜里的雾气冲带着，在枝丫间缓缓流动。傍晚时还刮着的风，到了夜里也沉寂下来。树叶胶结在枝条上，漆黑如铁，从底下往上望去，它们点缀在深琥珀色底片似的天空中央，仿佛教堂里的彩绘玻璃窗。我往树林深处走去，也不知道该在哪里停下来，可能我心里根本不想停下来，就这样漫游下去吧。手里的斧头和锯子变得越来越冷。我很清楚这片园子的边界在哪里，最多再往前走个一百五十米，碰到围墙，然后再折返回来；也可以沿着围墙走，朝西边去，走两三百米，就是西边的小侧门，是一块已有些倾斜和变形的、铁丝网编的小门，从那儿出去，就可以走到西边的小野坡上。我独自度过很多傍晚的小野坡。但我并不想跑到那里去，这片树林有着精准而冷酷的诱惑力。这时，一个久远的记忆方块突然击中我，很多年前，在我爸妈还没有分开之前，我们一家曾经在某处海滨游玩过，那时正好在姑姑家做客。我还记得那片小渔村的沙滩上有一些三角形屋顶的小木屋，用来给深夜捞鱼的村民休息，木屋四周被茂密的木麻黄林所环绕。一天夜里，我们在林间玩游戏，我走失了，躲在一栋木屋的台阶踏板下面，被夜色裹挟的带有类似焦油气味的木屋，混沌，不可触摸。当时的我对此深深着迷，着迷而不是慌乱或者害怕，我一点害怕的心理都没有。不知道过了多久，有人喊我的名字，我从地上爬起来，循着声源跑过去，跑进那个人的怀里。那个人就是我妈。不是我爸，而是我妈找到了我。现在我回忆起这件事，感到的不是失望、诧异或者难过，而是另外一种难以言状的复杂情绪，它支配着我。我停下脚步，深吸了一口气。在氧气之外，另一种浪潮在渐渐鼓起。我观察着四周，寂静无人，面前正对着一棵树，主干有碗口那么粗，在露出地面不到半米的地方，分散成好几根略细的弯弯曲曲的枝干。真美。这是它最美的地方。黑暗包围过来,也不能把所有缝隙填满。恰好这时,一架飞机在天上飞过,对我来说那只是一个模糊的影子,我听不到任何声音,只看到航行灯在空中遥远地闪烁着。一下又一下。微弱的光也在林子里浮现。我把锯子放在地上,提起斧头,似乎比刚才轻了一些。我先活动一下手臂,然后走到树跟前,从根部一寸寸地往上摸,摸到一个疙瘩,我决定从这里下手。我用斧刃对准那个地方,抡圆了手臂,用力地,一斧头下去。裂口发出了一声闷响。估计这一斧头下去也只开了三四公分深的口子,但好在没有太大的声响。我喜欢这种安静的氛围。我把斧头从树上拔下来,这个过程比砍的那下还要费力。用手摸了一下斧刃,有点湿润。接着,我对准裂口,又砍了一斧头。大概比上次深了两公分。整棵树开始簌簌地抖动着叶子。我把斧头拔出来,继续砍了十来下。汁液慢慢从裂口渗出来,粘在斧头上,在雾气中汽化。右手已经有些酸麻,我把斧头换到左手,趁机活动放松着右手的手指和手腕。有些叶子悄悄地从树上掉下来,融进黑色的地面。过了一分钟,我重新握着斧头上阵。我能感觉到随着斧头的深入,劈砍发出的声音也在渐渐变化。一些很细微的变化。响声慢慢变得尖锐。不过,斧头的触感也越来越僵硬,砍到中间,每深入一公分都更加艰难。力气快用尽了。我说的是,纵向劈砍的力气。我把斧头放下来,扶着树,打算歇口气。这件事情实际操作起来的难度超过了我的预想。不过也难怪，我向来就是这么个眼高手低的人。劳动对我来说非常难，远远难于运算一个复杂的数学公式。本来，我估计要砍断这么一棵直径不超过十公分、碗口粗的树，也就需要十分钟，最多也就十二三分钟，不可能更久了，但实际上，我在这上面花的时间可能是预计的两倍，甚至是半个钟头。花半个钟头才砍断一棵树，实在是太浪费生命了。我得加快进度，完成今晚的计划。锯子是时候派上用场了。我拿起锯子，把它放到缺口里来回锯。咿咿呀呀。树干发出了频率更高、更加尖锐的声音。我另一只手托着树干，它在渐渐变得柔软。汁液在流淌，同时也在飞溅着，钻进我的领口和胳肢窝里。我第一次觉得这棵树像个小男孩，一个闹脾气钻进床底，被大人拖出来，又抱在怀里的小男孩。很快就好了，安静下来，我对他说。其实我很憎恶小男孩。总算锯得差不多了。我把锯子往地上随手一扔，用另一只手托着树干，并凝视着它。气氛很宁静。我能感觉到手上发力的那一部分。随即我松开手，后退一步，树开始颤抖，摇晃，在边缘上跳舞。我抬起脚，一脚往树上踹过去。趁它将倾未倾的时候。吱呀。一声令人恐惧的巨响。树顺着我踢的方向倒去，摔在地上，发出了更大的声音。好像有什么鸟从旁边的树上飞走。我长长地喘了口气，往地上一坐，吞了吞唾沫，有些口渴。我感觉筋疲力尽，连一根手指头都懒得再动。我闭上眼睛，尽量调整呼吸，过了一会儿，艰难地爬起身，走到断树跟前，想仔细查看一番。但我可能只是在那儿绕了一圈。地上太黑了，什么也看不出来，还差点踩到那棵死树的枝丫。完后我退回来，捡起地上的斧头和锯子，去砍旁边的树。就这样，前前后后砍倒了四五棵树。最后我停下来，把工具扔到一边。手掌和小臂好像没了知觉。虎口起的水泡磨破了，火辣辣地疼。指关节肿得像马蹄果那么大。就到这里吧，这个晚上也快过去了。我把被汗水浸湿的上衣脱下来，扔到地上，开始往荔枝园的出口跑。冷飕飕的风吹在光着的膀子上，我一连打了好几个喷嚏。可能回去要感冒，我心想，管他呢，反正我妈会煮好姜汁，给我盖好被子，讲各种各样的小故事。她在等我回去。我知道她在哪里。我越跑越快，不顾一切地跑着，在地上摔了好几跤，但一点也不觉得疼，爬起来继续往前跑就是了。夜空里飞机的航行灯一直在一下下地闪烁着。我凭借着这点光亮，辨认着出口的方向，我要从黑暗里跑进我妈的怀里。我要找到她。

图书在版编目（CIP）数据

伐木之夜 / 索耳著 . -- 上海 : 文汇出版社 ,
2020.7
ISBN 978-7-5496-3198-8

Ⅰ . ①伐… Ⅱ . ①索… Ⅲ . ①长篇小说 – 中国 – 当代
Ⅳ . ① I247.5

中国版本图书馆 CIP 数据核字 (2020) 第 079607 号

伐木之夜

作　　者／ 索　耳
责任编辑／ 何　璟
特邀编辑／ 马云琪　王　依
装帧设计／ 李照祥
出　　版／ 文匯出版社
上海市威海路 755 号
（邮政编码 200041）
发　　行／ 新经典发行有限公司
电　　话／ 010-68423599　邮　　箱／ editor@readinglife.com
印刷装订／ 北京天宇万达印刷有限公司
版　　次／ 2020 年 7 月第 1 版
印　　次／ 2020 年 7 月第 1 次印刷
开　　本／ 880×1230　1/32
字　　数／ 128 千
印　　张／ 8

ISBN 978-7-5496-3198-8
定　　价／ 49.00 元